KB115834

구십여 년을 살아 보고
길을 묻다

구십여 년을 살아 보고 길을 묻다

역사에서 찾은 길

승병일 지음

책읽는달

평화통일범독립운동협의회 창립총회

순국선열 승대언, 승병균 선생 유해 봉환

연일 승씨 18인 독립유공자 기념사업회 창립총회

역사를 잊는 것은 뿌리를 잃는 것이다

'독립운동을 하면 3대가 망하고, 친일을 하면 3대가 흥한다'는 말이 있다. 이는 한국 현대사의 모순을 냉소적으로 표현한 말로서 조국 광복 이후 현재까지 진행되고 있는 비극을 잘 설명하고 있다. 일제의 잔재와 친일 세력을 청산하지 못한 우리의 역사 탓에 지금도 대한민국의 정체성을 왜곡하려는 세력이 건국절 논쟁을 일으키는 등 쓸데없는 사회적 혼란을 야기하고 있다. 광복 후 73년이 흐른 후에야 나라에 헌신한 독립유공자들이 존중받는 세상을 공식적으로 외칠 수 있게 된 지금, 나는 다시 조국의 미래를 걱정하고 있다.

나의 집 현관에는 나라에서 만들어 준 '애국지사의 집'이라는 작은 문패가 걸려 있다. 가로 7센티미터, 세로 24센티미터에 불과한 작은 문패 속에는 93년 동안 살아온 내 삶이 그대로 담겨 있다.

나는 일제강점기 평안북도 정주군에서 태어났다. 할아버지와 아버지, 큰아버지가 모두 독립운동을 하신 집안에서 태어난 내게 조국은 숙명이요, 항일독립운동은 운명이었다.

독립운동가 남강 이승훈 선생이 건립하신 오산학교에 재학하던 열여섯 나이에 항일단체 혈맹단을 조직했고, 3년 만에 발각돼 모진 고문도 받았으며, 이후 차가운 신의주 감옥 구석방에서 조국의 독립을 맞이했다. 한국전쟁 때는 자원입대해 민주주의를 지켰고, 폐허의 땅에서 빈손으로 시작해 오양섬유공업사라는 기업도 일궜다.

그리고 인생 후반기 30년의 세월을 오로지 우리 역사의 지킴이로 살았다. 생존독립유공자와 그 유족들이 함께하는 공법 사회단체 광복회의 부회장으로서, 또 한국독립유공자협회 회장으로서 나는 오직 단 하나의 목표만을 생각했다. 대한민국의 자랑스러운 역사를 지키고 우리 청년들이 조국에 대한 자부심을 갖고 더 나은 세상을 만드는 데 초석이 되는 삶, 이것이 노년에 접어들면서 한결같이 품어온 나의 바람이다.

빼앗긴 나라를 되찾고, 동족상잔의 처참한 전쟁도 치렀으며, 세계 최빈국의 젊은이로서 치열한 삶을 살아오는 동안 대한민국은 내가 그토록 바라던 당당한 국가로 성장했다.

세계의 지성이라 불리는 미국의 석학 노암 촘스키 MIT 교수는 10여 년 전 그의 수업에서 한국을 '바람직한 발전의 모델인 나라'

라고 소개한 적이 있다. 그는 판단의 근거로서 '다른 나라에 종속되지 않고 독자적인 경제발전과 평화적인 민주주의를 이룬 점'과 '세계 최고의 휴대전화와 인터넷이 보급돼 첨단 기술을 국민 모두가 골고루 활용하고 있는 점'을 들었다.

세계는 이미 오래전부터 역사상 유례없는 빠른 속도로 경제 성장을 이룬 한국을 두고 '한강의 기적'이라 불렀다. 그러나 우리는 안다. 그것은 기적이 아니라 오래전부터 소유하고 있던 민족의 저력이라는 것을 말이다.

그들이 기적이라 말하는 이유는 우리의 잠재력을 모르기 때문이다. 기원전 2333년, 우리는 세계평화의 뜻을 담은 홍익인간 사상을 바탕으로 고조선을 세웠고, 고대 동북아시아를 호령했으며, 세계에서 가장 뛰어난 문자인 한글을 창제한 우수한 민족이다.

나라를 빼앗긴 오욕의 시절에도 우리는 포기하지 않았다. 기미년(己未年) 3월 1일 만세운동 후, 선각자들은 그해 4월 13일 중국 상하이에서 대한민국 임시정부를 수립했다. 임시정부로 나라의 맥을 이었고, 수많은 국민은 기꺼이 목숨을 바쳐 일제와 투쟁했다. 세계사의 거대한 흐름에 휘말려 조국이 분단되었지만, 주도적이고 평화적인 방법으로 통일을 이뤄낼 역량을 갖춘 민족으로 성장했다.

지난 세월 동안 나는 조국에 대한 사랑과 대한민국 국민으로서의 자부심을 놓아본 적이 없다. 그 긍지가 있었기에 힘든 청년기를 보내면서도 미래를 희망적으로 그릴 수 있었다. 하지만 요즘 나는 젊은 세대의 고민과 마주하고 마음이 무척 무거워졌다. 청년들이 희망보다 절망을 말하고, 변화와 도전 가능성을 부정하고, 미래를 어둡게 생각하는 것은 그만큼 현실이 힘들기 때문이리라.

그럼에도 불구하고 우리는 희망을 말해야 한다. 다른 곳이 아닌 바로 이 땅 대한민국에서 우리 국민과 함께 살며 더 나은 세상을 향한 도전을 계속해야 한다.

무엇부터 시작하면 좋을까. 젊은 세대를 절망하게 만드는 부조리한 사회를 변화시켜 나가고, 상시적인 안보 불안도 해결해야 한다. 그리고 무엇보다 매우 뛰어난 잠재력이 있는 민족임을 자각해야 한다.

잘못된 역사를 바로잡음으로써 부조리함을 용인하지 않는 사회 분위기를 만드는 일, 굳건한 역사의식으로 일본과 중국의 역사와 영토 침탈에 맞서는 일, 주도적으로 평화통일을 이룰 수 있다는 의지를 갖는 일들이 모두 중요하다.

당장 먹고사는 일과 관계없어 보이고, 더군다나 일개 시민으로서 할 수 없는 일이라며 관심조차 없는 사람들이 대부분이지만, 이는 잘못된 생각이다. 내가 살고 있는 터전을 가장 밑바닥에서 지탱해 주는 것이 바로 국가와 사회, 역사에 대한 바른 인식이다. 이것이 바로 잡히지 않고서 우리는 자부심을 가질 수 없다. 또한 자부심이 없는 민족이 성공적인 미래를 만들 수 있다고 나는 생각하지 않는다.

나는 우리나라가 진실로 평화의 시대를 영위하길 바란다. 우리 모두가 평화로운 대한민국에서 행복한 미래를 살아가길 꿈꾼다.

지금으로부터 76년 전, 여드름 송송한 얼굴로 항일단체를 조직하며 나는 '두 번이고 세 번이고 연거푸 나에게 목숨이 주어진다면 한 생도 아끼지 않고 모두 나라에 바치겠다'고 맹세했었다. 그 마음과 열정은 백발의 93세가 된 지금도 변하지 않았다. 그러나 세월이 흘러 이제 이 나라의 주축으로서 미래를 이끌어갈 세대가 바뀌었다. 바로 그 중심에 서 있는 젊은 세대에게 간곡하게 청하는 마음으로 나는 이 책을 썼다.

우리가 지금 맞닥뜨린 문제를 어떻게 풀어가야 할까. 나는 사상가도 역사가도 아니다. 단지 나라가 위기에 처했을 때 뒤로 물러나지 않고 맞서서 싸운 이 땅의 국민일 뿐이다. 하지만 조국에 대한 자긍심 하나로 살아온 오랜 경험에서 깨달은 진심을 말하고 싶다.

대한민국은 어떤 나라인가, 우리 역사는 무엇을 말하는가, 깊이 생각하고 마음으로 이해하는 시간을 가져 주길 바란다. 분명 내 안에 흐르는 한민족의 자부심을 확인할 기회를 잡게 될 것이다. 역사를 잊는 것은 뿌리를 잃는 것이다. 뿌리 없는 나무가 되어 어떻게 미래를 살아갈 수 있겠는가.

　마지막으로 나라의 운명이 풍전등화의 위기에 처했을 때 목숨을 바쳐 헌신하신 독립선열의 영령 앞에 뜨거운 감사의 마음을 바치며, 지금도 여전히 같은 마음으로 곁을 지켜 주고 계신 생존독립유공자 동지들과 유족들에게 고마운 마음을 전한다.

차 례

1 장

역사에
길이
있다

젊은이들이여,
왜 나라를 떠나려 하는가

미래를 예견하는 가장 좋은 방법은 미래를 만드는 것이다.

– 에이브러햄 링컨(Abraham Lincoln)

새로운 해가 시작되면 대부분 언론은 평소보다 희망적인 뉴스를 더 많이 소개한다. 새해이니만큼 밝고 희망적인 미래를 꿈꾸며 힘을 내보자는 뜻일 게다. 그런데 2017년 새해가 시작되고 열흘이 지났을 무렵, 충격적인 뉴스를 접했다.

「성인남녀 70.8%, "이민 갈래"」(경향신문 2017. 1. 11)

내 시선을 단숨에 묶어 버린 기사의 헤드라인이다. 이게 무슨 얘기인가, 궁금한 마음에 기사를 단숨에 읽어 내려갔다.

국내의 모 취업포털이 20대 이상 성인 4,802명을 대상으로 설문조사를 했는데, 놀랍게도 조사대상의 70.8퍼센트가 "기회가 된다면 외국으로 이민을 갈 의향이 있다"고 답했다는 내용의 기사였다.

20대와 30대의 이민 희망 비율은 각각 73.7퍼센트, 72.4퍼센트에 달했고, 이미 중년에 접어든 40대도 62.8퍼센트, 50대 이상에서도 42.8퍼센트나 된다니 나는 그만 입이 떡 벌어져 한참을 멍하니 들여다볼 수밖에 없었다.

기사에 따르면 이들이 나라를 떠나고 싶은 가장 큰 이유는 '치열한 경쟁에서 벗어나고 싶기 때문'이며, '부패한 정부에 희망을 가질 수 없다'거나 '외국 선진복지에 대한 동경'이었다. 이외에 자녀교육, 양극화 문제, 안정적인 노후 등을 이유로 꼽았는데, 특히 20대 청년들은 압도적으로 '치열한 경쟁' 때문에 한국을 떠나고 싶다고 답했다. 기사는 이런 현상을 '탈조선의 꿈'이라는 말로 표현했다.

가슴이 아팠다. 청년 세대가 삶의 현장에서 느끼는 무게가 고스란히 느껴졌다. 지금이야 100세를 바라보며 안정적인 노후를 보내고 있지만, 나는 20대 청년 시절을 세계 최빈국 중 하나이던 대한민국에서, 말 그대로 굶지 않으려고 투쟁하며 보냈다. 해방된 조국, 전쟁의 포화가 모든 것을 휩쓸고 간 그 엄혹하던 시절에 맨주먹으로 삶을 지켜 낸 우리 기성 세대에게도 불안한 미래와 버거운 삶의 무게가 있었다.

20대와 30대의 나이란 본격적으로 자신의 삶을 시작하는 시기다. 온전히 자신의 힘으로 버티는 훈련을 하는 시기라고도 할 수 있다. 내 청년 시절과 지금 청년의 시절은 환경이 크게 다르지만 미래의 불안, 현실의 고통을 대하는 고민은 본질적으로 다르지 않다. 내가 지금 이 순간 청년의 심정을 이해한다고 말할 수 있는 이유다.

한국은 떠나야 할 나라인가. 이 나라를 떠나면 희망을 찾을 수 있을까. 나는 그 생각에 동의할 수 없다. 나라를 떠나려는 젊은이들에게 묻고 싶다.

이민을 가면 치열한 경쟁이 필요 없을까? 이민을 가면 그 나라의 복지제도를 아무런 장벽 없이 누릴 수 있을까? 이민을 가면 안정적인 노후가 기다릴까? 정말 이 나라를 떠나면 행복한 미래를 보장받을 수 있을까? 나의 답은 '절대 그렇지 않다'는 것이다.

상대적으로 우리보다 안정적인 사회 시스템을 갖춘 나라일지라도 이방인으로서 살아가려면 원래 그 사회에 소속된 사람보다 더 치열한 경쟁을 치러야 한다. 평생을 투자해도 그들의 시선에 어려 있는 차별과 이방인으로서 겪는 외로움은 씻어낼 수 없다.

언젠가 그리스를 여행한 적이 있다. 세계적인 관광지로 이름이 높은 그리스는 가는 곳마다 아름다운 유적과 자연이 어우러진 멋진 나라였다. 그곳에서 작은 식당을 하며 여행가이드로 일하는 한국인을 만났다. 이민이 흔하지 않던 시절 한국이 지긋지긋해서 이민을 결정했고, 어쩌다 보니 그리스까지 와서 살게 됐다고 했다.

어느 날 관광을 마치고 그와 저녁 술잔을 기울이며 편하게 대화를 나누는데 갑자기 "저는 한국 자동차를 보면 눈물이 나요"라고 말했다. 바쁘게 사는 이민 생활에 익숙해질 때쯤 우연히 거리를 지나가는 한국산 자동차를 봤는데 그만 본인도 모르게 눈물을 흘렸고, 이후 '조국'과 '한국인'의 의미를 다시 생각하게 됐다고 한다.

불안한 한국의 정치와 부패한 사회가 너무 싫었고, 희망을 기대할 수 없어서 나라를 떠났지만, 낯선 곳에서 그와 가족은 외로운 이방인의 삶을 견뎌야 했다. 이민을 결심할 때도, 이민을 와서도, 제 나라에서 역사와 정서를 공유하며 살 때는 느끼지 못하는 정체성이 삶을 지탱하는 소중한 가치라는 사실을 미처 깨닫지 못한 것이다. 그는 지금 먼 나라에서 한국의 정치·사회 상황에 상관없이 살고 있지만 늘 조국의 뉴스를 챙겨 보면서 끈을 놓지 않으려 애쓰고 있었다.

탈조선이라니, 세상 어느 곳에 가면 내 나라보다 좋은 삶을 보장받을 수 있을까. 주위를 둘러보면 내가 살고 있는 조국을 폄하하는 사람들을 쉽게 볼 수 있다. "나라가 나에게 해준 것이 뭐가 있냐"며 불만을 토로하는 사람도 있고, "세금 내기 아깝다"는 사람도 있지만 나라 없는 개인이 안정적으로 삶을 보호받을 수 있는 곳은 세상 어디에도 없다. 설사 이민을 가더라도 내 모국이 강성해야 그곳에서 대접을 받는 법이다.

나라란 무엇인가. 대체 무엇이기에 수많은 사람이 하나뿐인 목숨을 바쳐 그토록 치열하게 지켜 냈는가. 나는 '나라는 공기와 같고 물과 같은 것'이라 말한다. 공기와 물처럼 곁에 있을 때는 그 소중함을 모르지만 없으면 생존할 수 없는 것과 같다. 나라의 보호를 받지 못해 전 세계를 떠도는 난민들, 조국의 경제가 어려워 타국에서 이주 근로자로 살아야 하는 사람들 그리고 주권을 침탈당해 일본의 통치를 받으며 수모를 겪었던 선조들의 삶에서 나라와 개인의 삶이 아주 밀접한 관계에 있다는 사실을 배운다.

나라를 떠나도 유토피아는 없다. 나는 나라를 떠나고 싶다는 젊은 세대에게 미래의 가능성을 조국에서 시험하고, 도전해 보라고 권한다. 행복한 미래를 위해 공부하고 열심히 일하는 틈틈이 사회에 관심을 갖길 바란다. 자신의 업무에 최선을 다하는 생활 중에도 부패한 정치를 묵과하지 말고, 부정한 사회를 보면 국민으로서 목소리를 내는 주인의식을 발휘해 주길 바란다. 나라의 미래가 불안하다면 나라를 떠날 것이 아니라 더 적극적으로 나라를 지키는 게 미래를 위한 현명한 선택이다.

미래의 불안,
역사에 답을 묻다

미래를 내다보고자 하는 자는 과거를 돌아봐야 한다. 인간사는 선대의 그것을 닮게 되나니,
이는 그 사건들이 그때 살던 사람들이든 현재를 사는 사람이든 동일한 성정을 지닌
사람들에 의해 창조되고 생명을 얻었기 때문이며, 그로 인해 같은 결과를 얻게 되는 것이다.
- 니콜로 마키아벨리(Niccolò Machiavelli)

옛날이나 지금이나 이민을 떠나는 사람의 이유는 크게 다르지
않다. 이민은 불안한 미래를 바꿔 보려는 또 하나의 선택일 뿐이다.

그러므로 이민 희망자가 이토록 많다는 것은 우리 사회가 그만
큼 불안하다는 얘기다. 불안정한 정치, 불공정한 사회, 북한 핵의
상시적 위협과 전쟁의 공포 그리고 초강대국 미국과 중국이 날카
롭게 대치하는 한반도에서 살아야 하는 긴장감 등 개인의 삶을 불
안하게 만드는 요소는 많다. 이 요소는 모두 별개의 문제가 아니다.

보이는 곳과 보이지 않는 곳에서 긴밀하게 연결돼 있으며, 개인의 삶에 큰 영향을 미친다.

여론조사에서도 2030 젊은 세대는 이민을 희망하는 직접적인 이유로 우리나라의 부패한 정치와 사회의 문제점을 꼽았다. 그리고 이 문제가 야기하는 양극화, 교육과 복지 불안 등의 문제도 이민 사유에 등장한다.

현재의 불안은 미래의 희망을 기대할 수 없게 만들지만, 현재가 불안하다고 미래가 반드시 암울하리라고 확신할 수는 없다. 우리는 이미 역사에서 그것을 증명해 왔다.

모두 알다시피 우리는 한 민족이 겪을 수 있는 가장 불행한 역사를 경험했다고 해도 과언이 아니다. 강제로 주권을 침탈당했고, 인적·물적 수탈을 겪었으며, 전쟁의 포화 속에서 국토가 초토화되는 참혹함도 겪었다. 세계에서 가장 가난한 나라 중 하나로 꼽혔고, 각국의 원조로 겨우 아이들에게 밥을 먹여야 했다. 당시 한국의 미래를 낙관하는 자가 과연 얼마나 있었을까.

그러나 우리는 다른 역사를 썼다. 한강의 기적이라고 불리는 경제 부흥을 이뤘고, 나라가 분단된 상황에서도 세계 10대 경제 대국에 이름을 올렸다. 현재의 불안함으로 미래를 예단할 필요가 없다는 사실을 역사는 보여 주고 있다.

우리 사회는 어디로 갈 것인가. 한국에 희망이 있을까. 점을 보듯 미래를 예측할 수는 없지만, 적어도 원하는 방향으로 조정하는 방법은 알고 있다. 바로 역사를 공부하면 현재의 답을 찾고 미래를 대비할 수 있다.

정치, 외교, 사회 분야 전문가들은 지금의 한국 상황과 조선 후기의 상황이 비슷하다고 진단한다.

지배층(양반)의 착취가 극심하고 관직을 사고파는 행위가 일상화될 만큼 부패한 사회가 그렇다. 또한 청나라와 일본, 러시아의 욕심이 모두 조선을 향하고 있는 위기 상황에서 자신의 정치적 이득만 생각하는 정치인의 모습도 지금의 한국 사회와 똑같다.

당시 그런 상황을 우리 스스로 바로잡지 못했기 때문에 결국 주권을 빼앗기는 수모를 겪었다. 지금 우리 사회의 주요 이슈가 무엇인가. 조선 후기처럼 부정과 부패 그리고 부조리함에 대한 분노다.

국제 정세 역시 마찬가지다. 조선 후기에 제국주의라는 이름으로 강대국이 경제 블록화를 구축했듯이, 미국과 유럽 그리고 중국을 중심으로 블록화된 경제 체제와 보호무역주의의 바람이 거세지고 있다. 북핵 문제와 통일 이슈가 사라지지 않는 한 한반도에서 강대국의 세력 다툼도 사라지지 않을 것이다. 마치 조선 후기의 미러링 같은 현재 상황에서 우리의 대응 방식이 그때와 같다면 또다시 나라를 잃는 일이 없을 것이라고 누가 장담할 수 있을까.

다행히도 우리가 무척 저력 있는 민족이라는 사실 또한 역사에서 확인할 수 있다. 그 험한 상황에서 새로운 역사를 만든 힘은 신의 도움이 아니라 우리 민족의 의지에서 나왔다. 어떤 역사가는 한국 역사에서 가장 자랑스러운 부분이 바로 의병의 역사라고 말하기도 한다.

나라가 풍전등화의 상황에 처했을 때 우리 민족은 도망가거나 굴복하기보다 맞서 싸우는 쪽을 택했다. 특권 하나 가진 것 없는 민초들이 스스로 나서서 목숨을 바쳐 나라를 지켰고, 삶을 이어갔다. 이처럼 열정적인 역사를 기록한 이들이 바로 우리 한민족이고, 대한민국 국민이다.

요즘 젊은 세대의 표현에 따르면 한국 사회는 참으로 절망적이다. 헬조선, 탈조선, N포세대 등 하나같이 출구 없는 암울함으로 가득한 단어들이다. 하지만 미래에 희망이 없다고 낙담만 하면 정말로 희망은 사라진다. 희망이란 주어지는 게 아니라 의지로 만들어내는 것이다.

오천 년 역사가 지금의 후손에게 간절하게 외치고 있는 교훈이 바로 이것이다. 수많은 침략과 고난을 극복하고 언제나 희망의 역사를 만들어 온 우리 민족의 저력을 스스로 믿어야 한다. 희망이라는 선물은 절대 공짜로 얻을 수 없다. 지금 우리에게 필요한 것은 불평과 부정이 아니라 믿음과 긍정 그리고 그 어느 때보다 강렬한 열정이다.

역사의 자부심이
멋진 미래를 만든다

네, 우리는 이 나라를 치유할 수 있습니다.
네, 우리는 우리의 미래를 움켜잡을 수 있습니다.
우리는 할 수 있습니다.

— 버락 오바마(Barack Obama)

미국의 44대 대통령 버락 오바마는 한 나라의 지도자를 넘어 세계적으로 큰 인기를 누리는 인물이다. 정치적 평가는 그 나라 국민의 몫이니 언급하지 않더라도, 그가 리더로서 대중에게 전하는 메시지에는 탄복할 만한 내용이 많이 담겨 있다. 2017년 1월 10일, 그는 8년간의 임기를 마치며 미국 시카고에서 명언을 남겼다.

"Yes We Can(우리는 할 수 있다), Yes We Did(우리는 해냈다)."

이 한마디 말은 지구 반대편에서 TV를 통해 듣는 내 마음에도 적지 않은 울림을 주었다. 그의 연설이 무척 감동적인 이유는 바로 평범한 국민에게 자부심을 일깨워 주기 때문이다.

오바마 대통령은 2008년 전 세계 금융위기의 진원지였던 미국이 경기침체를 극복할 수 있었던 이유가 미국을 더 나은 나라로 만들 수 있다는 믿음을 온 국민이 지켰기 때문이라고 주장했다. 그는 또 '조국을 사랑하고 조국을 변화시키고자 노력하는 일은 시민의 의무'라는 말로써 더 나은 미래를 만드는 변화의 주체는 바로 국민임을 거듭 강조했다.

그의 생각에 나는 전적으로 동의한다. 더 나은 미래를 만들고자 변화에 도전하고, 실패를 극복해야 하는 주체는 국민이다. 그런데 국민은 어디에서 이런 에너지를 얻을 수 있을까. 나는 그 원천을 조국에 대한 사랑과 역사에 대한 자부심이라고 말하고 싶다. 그 사랑과 자부심이 위대한 국민을 만들고, 위대한 국민이 위대한 국가를 만든다.

지구촌 명당, 한반도

지난봄 방송에서 어떤 목사의 설교를 듣던 중 매우 의미 있는 사실을 알았다. 그 목사는 미국의 전통 있는 외교안보 전문잡지 〈포린폴리시〉가 2040년 세계를 이끌 4개국을 선정해 분석한 특집 기사를 소개했다.

〈포린폴리시〉는 22년 뒤 세계를 이끌어 갈 4개국으로 독일, 미국, 터키, 대한민국을 선정했다. 세계를 이끌 4대 국가로 우리나라를 선정한 근거로 한국인의 근면성과 남다른 열정 그리고 앞선 기술 개발 능력 등을 꼽았다. 보통 세계를 이끌 능력이라고 하면 압도적인 경제력, 영토의 크기와 인구 등 눈에 보이는 수치적 규모를 떠올리기 마련이다. 그런데 근면성과 열정이라니, 처음엔 조금 의아스러웠다.

하지만 곧 이해할 수 있었다. 결국 나라란 국민이요, 국민의 잠재력이야말로 위대한 국가를 만드는 기본 중의 기본 요소다. 그런 면에서 우리 국민은 충분히 자신감을 가질 만하다.

대한민국이 어떤 나라인가. 근면과 열정 하나로 세계 역사상 유례없는 짧은 기간에 최빈국에서 GDP 기준 세계 11위의 경제대국으로 성장한 나라다. 또한 역사·문화적으로 엄청난 잠재력을 이어받은 민족이다.

전 세계적으로 지속되는 경제 위기 속에서 성장 속도가 예전 같지는 않지만, 지금이야말로 스스로 격려하고 다시 뛰어올라야 할 때다. 우리는 그런 역량이 있는 국민이며, 나라다.

우리가 역사적으로 많은 침략을 겪은 이유가 한반도의 지정학적 위치 때문일 가능성이 크다. 한반도는 대륙의 강대국이 해양으로 진출하는 출구이자 해양국가가 육지로 진입하는 교두보에 해당한다. 대륙 세력과 해양 세력이 팽창하고자 할 때 필연적으로 거쳐야 할 곳이 한반도다. 지금 정치적·이념적 세력이 한반도를 중심으로 대치 상태에 있는 이유도 이러한 지정학적 위치가 큰 영향을 미쳤다.

그러나 이를 비관적으로 볼 필요는 없다. 외부의 간섭과 관심이 많다는 것은 역설적으로 우리의 힘과 에너지가 세계로 확산되기 쉽다는 뜻이기도 하다. 실제 풍수지리적으로 한반도는 '지구촌의 명당'이라 할 수 있다.

명망 높은 다수의 풍수지리학자는 한반도가 세계의 중심 지역에 있음을 강조한다. 동쪽으로 일본을 좌청룡으로 삼고, 서쪽으로 중국을 우백호로 삼고, 남쪽으로는 동남아시아와 오세아니아주가 있다. 이 중심에 위치한 한반도가 바로 지구의 혈(穴)자리라는 것이다. 풍수지리에서 혈자리란 좌청룡(左靑龍), 우백호(右白虎), 전주작(前朱雀), 후현무(後玄武)가 사방으로 둘러싼 지역의 중심부이며, 이를 다른 말로 명당이라고 부른다.

군이 풍수를 말하지 않더라도 한반도는 지질학적으로 명당에 해당한다. 한반도를 중심으로 유라시아판과 태평양판 그리고 필리핀판과 오스트레일리아판이 모두 맞닿아 있다. 이 지각판이 맞닿은 곳은 화산과 지진의 활동이 왕성하다. 그런데 놀라운 것은 한반도가 불안정한 지질 구조의 한가운데 있으면서도 지진대를 교묘하게 피하고 있다는 사실이다. 일본과 중국, 필리핀과 인도네시아가 자주 화산과 지진의 피해를 보는 것과 크게 대비된다.

한반도가 대륙성 바람과 해양성 바람이 교차하는 위치라는 것도 명당임을 설명하는 요소 중 하나다. 풍수에 따르면 이런 지역은 기운이 활기차며 자연현상이 조화롭다.

역사적으로 지구촌의 명당자리에 위치한 지역은 큰 번성을 이룬 경우가 많은데, 세계 4대 문명 발상지가 한반도와 비슷한 위도다.

그렇다면 지구촌 명당에 위치한 한국의 역사와 문화 수준, 국가 위상은 어떠한가. 두말할 필요 없이 세계 어느 나라에도 뒤지지 않는 높은 수준의 문화를 창조했고 영위해왔다.

세계문화유산으로 증명한 한국의 문화

"대한민국은 위대한 나라다. 다른 나라는 혼란할 때 성인이 나오는데, 대한민국은 아예 성인이 나라를 세우고 다스렸다."

프랑스 17대 대통령 자크 시라크는 우리 고조선 역사에 이처럼 높은 찬사를 보냈다. 기원전 2333년에 건국된 고조선은 만주와 요동을 중심으로 삼아 건국했고 강한 군사력을 갖춘 국가였다. 법률에 기초한 국가 공권력을 중심으로 사회제도를 갖추었을 뿐만 아니라 문학과 예술 수준이 매우 높았다. 이 사실을 고대문학 '공무도하가'에서 알 수 있다. 지금 전 세계가 미래를 이끌 정신으로 주목하는 세계평화 사상인 '홍익인간'도 바로 고조선 때 탄생했다.

2004년 7월 제28차 세계유산위원회는 우리의 자랑스러운 고구려의 문화 유적을 세계문화유산으로 지정했다. 주요 유적이 중국과 북한에 있어 자유롭게 볼 수 없는 아쉬움이 크지만 고대 문화유산의 우수성을 세계적으로 인정받았으니 충분히 기쁜 일이다.

역사적으로 가장 넓은 영토를 호령한 고구려는 패기가 넘치는 역사 속에서 우리 민족문화의 원형을 만들었다고 평가된다. 건축, 유물, 예술, 생활문화 등 모든 영역에서 높은 수준을 자랑하지만, 특히 천문관측 기술이 뛰어나 동시대 중국의 천문보다 월등히 수준이 높았다는 것이 학자들의 공통된 의견이다. 중국으로부터 전해 받은 천문학을 중국보다 더 발전시킨 문화적 역량이 놀랍기만 하다.

고구려가 멸망한 뒤 그 역사를 이어받아 건국한 발해는 또 어떤가. 고구려의 문화를 물려받은 발해는 독자적 연호를 쓸 정도로 융성한 문화국가였다. 물론 동북공정에 혈안인 중국은 고구려는 물론 발해의 역사조차 중국 지방정부의 역사로 왜곡하고 있지만, 주변국 일본의 옛 외교문서를 보면 발해가 고구려인의 나라라고 정확하게 밝히고 있다. 실제로 당시 중국 땅을 지배한 당나라가 발해를 '해동성국(海東盛國)'이라 칭할 정도로 정치·문화적으로 아름다운 역사를 만들었다.

고구려와 함께 삼국시대를 이룬 백제는 일본 문화의 원류로 인정받는 우수한 문화를 자랑한다. 지난 2015년 유네스코 세계문화유산으로 지정된 백제의 문화는 요즘 말하는 한류의 원조라 할 수 있다. 1500년 전의 백제는 중국과 일본을 아우르는 '동아시아 세계'를 만든 주체였고, 평화와 번영의 시대를 열었다. 유네스코가 백제 문화를 세계문화유산으로 지정한 이유는 백제라는 한 국가의 유산을 평가한 것이 아니라, 고대 동아시아에서 백제가 이룩한 역사적 의미를 함께 평가한 것이다.

우리 역사를 훔치고, 폄하하고, 왜곡하는 일본도 백제의 높은 문화 수준만큼은 부정하지 않는다. 백제 문화가 살아 숨 쉬는 공주, 부여 일대에 해마다 많은 일본인이 방문하는 이유도 바로 일본 문화의 원류를 보기 위함이다.

신라와 통일신라의 문화는 온 국민이 학창 시절 수학여행지로 방문했을 만큼 자랑스러운 우리의 유산이다. 세계문화유산으로 지정된 석굴암과 불국사를 비롯해 셀 수 없이 많은 국보는 문화적 자긍심을 일깨워 주는 민족의 자부심이다.

고려는 종교, 사상, 예술 등 다양한 분야에서 문화적으로 최고의 발전을 이뤘다. 불교 문화의 엄청난 발전이 눈부신 가운데 타 사상과의 조화도 뛰어나다. 도교와 유학, 풍수지리, 민간신앙 등 고려시대의 선조들은 어느 때보다 풍요로운 사상을 연구하고 향유했다. 그뿐인가.《삼국사기》를 비롯해《삼국유사》,《제왕운기》등 다양한 역사서를 편찬할 정도로 역사의식이 높았다. 고려청자, 팔만대장경, 세계 최고의 금속활자본 직지심체요절 등 그 문화의 가치와 역사를 생각하면 지금도 벅찬 감동을 느낀다.

일제강점기의 식민사관이 개입해 조선의 역사와 문화를 일부 폄하하기도 하지만 오백 년 역사 중 위대한 한글을 창조했고, 역사, 문학, 음악, 미술, 과학 등 다양한 분야에서 큰 발전을 이뤘다. 천문, 농법, 의학, 수학 등 과학 기술의 진보도 눈부시다. 이 모든 유산을 관련 서적으로 편찬했을 정도로 문화의식과 시대적 통찰이 최고 수준이었다. 숱한 전쟁을 겪으며 병법과 무기 개발에도 높은 성과를 냈다. 민족의 영웅 이순신 장군이 개발한 거북선과 그의 전법은 세계 역사 속에서도 빛난다.

"한국인에게는 뛰어난 전략가이자, 기술 혁신에 탁월한 재능을 가진 이순신이 있었다."

영국의 전쟁 영웅 버나드 몽고메리 장군은 저서《전쟁의 역사》에서 이순신 장군을 이같이 소개했다. 영국의 해군사관학교에서 가르치는 세계 4대 해전에 한산대첩이 속해 있다는 사실을 아는 한국인은 많지 않다. 유럽과 중국, 심지어 전쟁 당사국인 일본에서조차 영웅으로 추앙받는 이순신 장군이 우리의 선조이고, 그가 지켜 낸 나라가 바로 대한민국이다.

현재를 살고, 미래를 준비하는 데 역사는 많은 힘이 된다. 이는 실제로 내가 경험을 통해 깨달은 사실이다.

나는 젊은 시절 미군 2사단 9연대에 소속돼 한국전쟁에 참전했고, 창녕박진전투에서 목숨을 걸고 싸웠다. 전쟁이 진행 중이던 1951년에는 부산 유엔묘지로 발령받아 복무했는데, 그 당시 나는 함께 지내는 미군 청년들에게 열등감을 느끼고 있었다. 선진국의 청년들이 동족끼리 죽이는 처참한 전쟁을 겪는 가난한 우리의 모습을 보고 나서 자기네 나라로 돌아가 과연 한국을 어떻게 말할 것인지, 생각할수록 부끄럽기만 했다.

하지만 조국과 민족에 대해 부끄러움을 느끼는 자신을 용납할 수 없던 나는 며칠 휴가를 얻어 경주로 갔다. 다행히 적군에 함락된 적이 없는 신라의 유적지에서 뜻깊은 시간을 보낼 수 있었다. 불국사와 석굴암, 남산 능지탑, 무장사터 3층 석탑 등을 비롯한 많은 고분과 능을 천천히 둘러보는 동안 신기하게도 내 안의 열등감이 조금씩 치유됨을 느꼈다.

부대로 돌아온 후 나는 경주의 문화유산을 찍은 사진을 미군 동료들에게 보여 줬다. 사진을 보는 그들의 눈빛이 호기심에서 감탄으로 변해 가는 걸 지켜보며 나는 잠시 잊었던 자부심을 되찾았다. 그리고 그날의 자부심은 가난한 국가의 청년에게 큰 용기가 되어 주었다.

물론 우리나라는 역사와 문화만 내세울 수 있는 나라가 아니다. 경제 규모와 그에 걸맞은 기술력 그리고 성장 잠재력을 갖춘 나라다. 이미 오래전 세계 최고의 기술력을 인정받은 철강과 조선은 중국의 매서운 추격에도 불구하고 여전히 최상위 경쟁력을 유지하고 있다.

대표 철강기업 포스코는 세계 고급 철강 시장에서 1위 기업이고, 요즘 어려움을 겪는 조선 부문도 들여다보면 세계 조선 수주 순위 1위부터 3위를 모두 우리 기업이 차지하고 있다. 자동차 후발 브랜드인 현대기아차 역시 생산 순위 기준 세계 6위(2016년)를 자랑한다. 4차 산업혁명 시대의 핵심 산업인 IT 분야는 일찌감치 세계적 기술력을 유지하고 있다. 전 세계 242개 국가 중 충분히 앞서 있고, 더 멀리 나아갈 능력이 있는 나라다.

나는 우리 젊은 세대가 현실의 어려움 때문에 과거를 잊고, 현재를 무시하며, 미래를 포기하지 않았으면 한다. 우리는 결코 약하지도 못나지도 않은 민족이다. 오히려 아직도 발현되지 않은 엄청난 가능성을 갖고 있다.

선조로부터 지난 오천 년 동안 축적된 엄청난 역량을 물려받은 특별한 민족이다. 스스로 자신감을 갖고 긍정적일 수만 있다면 어떤 어려움도 충분히 극복해 낼 능력이 있다. 보다 나은 미래를 바로 우리가 만들 수 있다.

지금에 와서 우리나라는 결코 작은 나라가 아니다. 세계 수입, 수출 무역고가 7위에 이르고 있고 세계 10위권 경제대국이 되었다. 그리고 최첨단 IT물품인 반도체D램 시장에서 전 세계의 약 70퍼센트를 우리나라에서 공급을 하고 있다. 철강, 조선산업에서도 세계를 선도하는 위치에 있다. 세계에서 자동차 생산 수출국가가 몇 군데나 될까?

　이외에도 세계 최첨단을 달리는 제품을 일일이 열거할 수 없다. 세계에서 우리를 우습게 보는 나라는 많지 않을 것이다. 우리도 이제는 아랫배에 힘을 좀 주고 대한민국의 국민이라는 자부심을 가지고 살아가야 하겠다.

　우리 한반도를 둘러싼 세계정세는 너무나도 급박한 상태라 하겠다. 중국은 동북공정을 통해 고구려와 발해를 자기네 일부 지방정권으로 치부하고 있으며 한국은 과거 중국의 일부였다느니 또 조공을 바쳤던 나라였다느니 하면서 우리나라를 자기네와 동등한 주권국가로 인정을 하지 않으려 한다. 우리가 중국을 움직여 북핵 문제를 해결해 보자고 하지만 나는 그렇게 될 것이라고 절대 믿지 않는다.

　중국의 제1 목적은 한반도에서 미군을 철수시키는 것이라고 생각한다. 그리고 북한은 핵폭탄 완성을 위해 광분해 있고 중국은 못 믿을 나라다. 러시아와 일본은 믿을 수 있을까. 그러면 미국은 믿을 수 있는 나라인가? 자기네 국익을 위해 우리가 생각할 수 없는 일을 할 수 있는 나라들이다.

답은 우리 대한민국, 우리 국민뿐일 것이다. 즉 당신과 나밖에 믿을 사람이 없다고 항상 생각하면 되리라 본다. 어떻게 상황이 벌어지더라도 역시 믿을 곳은 대한민국이요, 대한민국 국민이요, 당신과 나밖에 없다고 생각하는 것이 옳은 생각이라 하겠다.

반성 없이
신뢰도 없다

미래의 올바른 행동은 과거의 악행에 대한 최고의 사과다.

— 로빈 퀴버스(Robin Quivers)

「한민구 국방장관을 형법 제123조 '직권남용'으로 형사고발

합니다.」

2016년 11월 18일 한국독립유공자협회를 비롯한 4개 광복보훈

단체 총 14,863명이 한민구 국방장관을 검찰에 고발했다. 여러 문

제점과 국민의 우려에도 불구하고 무리하게 진행된 한일군사정보

보호협정을 중단 혹은 지연이라도 시켜 보겠다고 선택한 고육지책

이었다. 당시 나는 한국독립유공자협회의 회장으로서 정부의 잘못된 결정에 반대하는 생존독립유공자들과 유족들의 뜻을 대표해 강경한 입장을 표명했다.

국방부는 '한일군사정보보호협정은 북한의 위협으로부터 대응하기 위한 것'이라고 주장했지만, 실제 협정 내용은 안보 문제가 있을 뿐 아니라 영토 주권과 역사에까지 부정적 영향을 미칠 수 있는 위험성이 높았다.

한일군사정보보호협정은 한일 양국이 국가의 안보 이익상 보호가 필요한 방위 관련 정보를 모두 교환하겠다는 약속이다. 이 협정에 따라 북한의 핵과 미사일 동향 등 양국이 보유한 군사 정보를 미국을 거치지 않고 직접 공유할 수 있게 된다.

이 협정이 안고 있는 문제의 범위는 상당히 넓고 깊다. 우선 서로 교환할 수 있는 정보의 층위가 달라 우리에게 불리할 것이라는 관측이 우세하다. 또한 한국이 미국의 미사일방어체계(MD)에 확실히 편입됨으로써 중국과 러시아 등 주변 국가와의 긴장 상태가 고조되고, 장기적으로 일본이 한반도에서 집단적 자위권을 자유롭게 행사할 수 있는 명분을 제공하는 것이어서 사실상 득보다 실이 많다는 게 전문가들의 판단이었다.

때문에 당시 야당을 비롯해 여러 시민사회단체는 국회의 비준 동의는 물론 국민 여론을 수렴하는 과정이 필요하다고 강력하게 주장했으나, 정부는 오히려 유례를 찾아보기 어려울 만큼 빠른 속도로 협정 체결을 밀어붙였다.

사상 초유의 국정농단 사태로 국민적 분노와 대통령 퇴진 요구가 빗발치던 바로 그때, 정부가 이토록 중요한 결정을 졸속으로 처리하려 한다니, 한국독립유공자협회를 비롯한 4개 광복보훈단체는 그대로 묵과할 수 없었다.

"주권과 평화를 팔아먹는 한일군사정보보호협정 체결을 즉
각 철회하라!"

이렇게 외쳤지만 정부는 귀를 막고 꿈적도 하지 않았다. 이에 우리는 법으로 정부와 맞섰다.

「형법 제123조(직권남용) 공무원이 직권을 남용하여 사람
으로 하여금 의무 없는 일을 하게 하거나 사람의 권리행사를
방해한 때에는 5년 이하의 징역, 10년 이하의 자격정지 또는
1천만 원 이하의 벌금에 처한다.」

우리는 국방부 장관이 직권을 남용해 헌법 전문에 명시한 평화주의 원리를 위배하고, 국회 동의권을 침해했으며, 민주주의 원리

를 위배함으로써 국민의 평화적 생존권을 위험에 빠뜨리는 등 위헌적 협정을 체결했음을 주장하고 이를 처벌해줄 것을 법에 호소했다.

그러나 우리가 기자회견을 연 지 5일 후, 협정을 개시한 지 약 한 달 만에 한일군사정보보호협정은 일사천리로 체결됐다. 그리고 2017년 6월 검찰은 우리의 고발을 각하 결정했다.

미래에 우리의 역사와 후손들에게 이 협정은 과연 어떤 영향을 미칠 것인가. 근심과 걱정 그리고 허탈함까지 뒤섞여 마음이 무겁고 생각은 복잡하기만 하다.

북한의 상시적 위협과 마주한 채 살고 있는 우리에게 나라와 국민의 생명 보호는 무엇보다 우선하는 가치다. 그럼에도 불구하고 나를 비롯한 우리 독립유공자와 후손 그리고 많은 국민이 "북한의 위협에 대응하는 데 필요하다"는 한일군사정보보호협정을 적극적으로 반대한 이유는 그 협정이 한국에 미칠 부정적 영향이 더 크다고 판단했기 때문이다.

오히려 이 협정으로 큰 이득을 보는 측은 바로 일본이다. 협정을 통해 일본은 자위대가 한반도 문제에 개입할 수 있는 근거를 마련했다. 지난 2015년 일본의 나카타니 방위장관은 "38선 이남에는 한국의 영향이 미치지만, 38선 이북에는 영향이 없다"는 말을 했다. 이게 도대체 무슨 말인가. 유사시 일본이 미국을 지원, 혹은 한국과 미국을 지원한다는 명분하에 한국의 동의 없이 한반도, 특히 북한에 진입할 수도 있다는 얘기다.

한반도에 군사 위기가 닥쳤을 때 동맹국이 한국에 들어오거나 한국군과 합동작전을 펼치는 게 왜 문제인가. 그건 바로 군국주의를 부활시키겠다는 일본의 망상 때문이다.

일본은 전범국이다. 한국을 침략해 식민 통치를 했고, 세계 여러 나라를 상대로 전쟁을 일으켰다. 패전 후 일본이 택한 평화헌법은 '국제분쟁 해결 수단으로서의 전쟁 포기'와 '교전권 부정'의 내용을 담고 있다. 하지만 아베 정권은 그동안 노골적으로 평화헌법 무력화를 시도해 왔고, 실제로 해외에서 자위대 활동이 가능한 국가, 즉 전쟁할 수 있는 국가로 변신했다.

한일군사정보보호협정을 제2의 을사늑약이라고 부르는 건 역사적 감정 때문이 아니라 일본의 군사적 욕망이 위험한 수준에 이르렀다는 판단에 따른 것이다. 우리가 전쟁할 수 있는 일본을 용납할 수 없는 이유는 역사를 대할 때 변하지 않는 그들의 태도 때문이다. 일본은 아직까지 식민 지배에 대한 진정성 있는 사과를 한 적이 없고, 일본군 위안부 강제 동원, 한국인 학살 등 각종 전쟁범죄는 아예 인정조차 하지 않고 있다.

과거의 잘못에 대한 뼈저린 반성은 물론 진정성 있는 사과도 없는 가해자와 함께 미래를 논하고 신뢰를 구축할 수 있는 피해자가 있을까. 절대로 가능하지 않은 일이다.

일본은
사죄하지 않았다

훌륭한 사과는 세 부분으로 이루어진다.
"미안해." "내 잘못이야." "바로 잡으려면 어떻게 해야 할까?"
대부분의 사람은 세 번째를 잊는다.
— 작자 미상

해마다 우리는 일본과 반복된 싸움을 한다. 바로 '과거사 전쟁'이다. 일본은 사과를 '했다'고 하고, 우리는 '안 했다'고 한다. 비록 설전(舌戰)이지만 양국의 국민 감정이 여과 없이 드러나는 치열한 전쟁이다.

누구의 말이 옳은가. 일본은 사과를 했을까. 결론부터 말하면 일본 정부가 한국과 아시아의 전쟁 피해국에 사과를 표명한 적이 있다. 과거 몇 차례 턱없이 부족한 표현이지만 연설이나 담화에서 과거사에 대한 반성을 언급하기는 했다. 그런데 한국과 중국 등 전쟁 피해국들은 왜 계속 일본에 사과를 요구하는가. 그건 사과로 인정할 수 없기 때문이다.

똑같이 2차 세계대전의 전범국가인 독일의 사과는 일본의 대응 방식과 자주 비교된다. 전쟁 중 유대인 학살이라는 범죄를 저지른 독일은 패전 후 가해자로서 잘못을 인정하고 유대인과 전쟁 피해국에 사과했다. 그리고 그들의 사과는 지난 73년 동안 해마다 빠짐없이 계속되고 있다. 이는 독일인이 특별히 사과를 좋아하는 민족이어서가 아니다.

그들의 사과는 자신들이 저지른 전쟁과 학살에 대한 철저한 자기반성이며, 앞으로 절대로 잘못을 반복하지 않겠다는 굳건한 다짐이다.

세계의 국가들이 독일의 진정성을 믿는 이유는 단순히 독일이 오랫동안 사과를 반복하고 있기 때문은 아니다. 진정한 사과란 솔직한 잘못의 인정이 우선되어야 하고, 그 잘못을 바로 잡기 위한 행동이 반드시 뒤따라야 한다. 패전 후 아직도 지속되고 있는 전범 색출과 처벌, 피해자에 대한 법적 배상과 명예 회복 그리고 후손들에게 부끄러운 역사를 솔직하게 교육하고 있는 독일의 행동은 백 마디 말보다 진심이 담겨 있다.

하지만 일본은 다르다. 범죄를 인정하지도 않고, 틈틈이 망언을 쏟아 내고 있으며, 오히려 역사를 왜곡하고 군국주의 시절을 미화하는 데 거침이 없다. 그들의 행동에서 반성한다는 진정성은 찾아볼 수 없다. 그런 일본이 다시 군대를 강화하고, 전쟁할 수 있는 국가가 되려고 혈안이 돼 있다. 그리고 마침내 한국의 특수한 안보 상황을 핑계 삼아 자위대를 한반도까지 진입시킬 가능성이 있는 한일군사정보보호협정까지 맺었다.

요즘 사람들이 말한다. 시대가 변했으니 과거사는 그만 잊고 용서하자, 그리고 실리를 찾자고. 일견 맞는 얘기다. 세상이 빠르게 변하고 각 국가의 관계는 예측하기 어려울 정도로 복잡해져 간다. 이런 와중에 한일 양국 모두 계속 과거사 논쟁에 붙잡혀 있을 수는 없다. 새로운 미래로 함께 나아가려면 문제의 걸림돌을 제거해야 한다.

그 첫걸음이 바로 가해국의 진심 어린 사과다. 사과하지 않는 자를 용서할 수 없고, 용서 없는 청산도 있을 수 없다.

양국이 화해하고 협력해 나아가려면 일본의 사과가 지금까지와는 분명히 달라야 한다. 어설프게 몇 문장에 담긴 말뿐인 사과는 더 들을 필요가 없다. 일본은 세계무대에서 역사의 잘못을 인정하는 일부터 시작해야 한다.

나는 우리의 미래 세대가 역사를 잊고도 미래를 꿈꿀 수 있다고 믿는 실수를 저지르지 않기를 희망한다. 해결되지 않은 역사가 남긴 후유증은 과거에만 머무르지 않는다. 역사는 과거가 아닌 현재 진행형이기 때문이다. 우리는 진정성이 담긴 일본의 사과를 포기하면 안 된다. 잘못을 인정하지 않는 폭력은 반복된다는 사실을 꼭 기억해야 한다.

돈으로 해결되는
역사는 없다

과거를 잊어버리는 자는 그것을 또다시 반복하게 된다.
- 조지 산타야나(George Santayana)

"그 여성들(일본군 위안부)은 돈을 받은 매춘부들이었다."

2017년 6월 27일, 일본의 역사 왜곡 망언이 또다시 뉴스를 통해 전해졌다. 이번에는 미국 조지아주 애틀랜타 주재 일본 총영사 시노즈카 다카시의 발언이었다. 그는 조지아주의 지역 언론 〈리포터 뉴스페이퍼〉와 인터뷰하며 "(일본군 위안부 문제에 대해) 일본군이 제2차 세계대전 당시 한국 여성들을 성노예로 삼았다는 증거는 없다"고 일본이 저지른 잔혹한 전쟁범죄를 부인했다.

그의 발언은 미국 조지아주의 애틀랜타시 인근 브룩헤이븐시 블랙번파크Ⅱ에 세워질 평화의 소녀상(일본군 위안부 문제의 피해를 상징하는 상징물) 제막식을 며칠 앞두고 나온 것이다. 평화의 소녀상은 예정대로 세워졌지만 다카시 총영사의 발언은 국내보다 오히려 미국의 해당 지역에서 큰 이슈였다. 그 이유는 일본 영사가 거짓말을 했기 때문이다.

문제를 일으킨 보도 후 다카시 총영사는 "그런 말을 한 적이 없다"며 기사의 내용을 부정했다. 그러자 해당 기자가 녹취록을 공개했다. 다카시 총영사는 녹취록에서 "아마도 알다시피 아시아 문화에서는 그리고 어떤 나라에서는 소녀들이 가족을 돕고자 이런 직업을 선택한다"며 일본군 위안부는 자발적인 선택이라는 취지의 발언을 서슴지 않았다.

그가 진땀을 빼며 거짓 발언을 주워 담는 동안 브룩헤이븐시의 존 언스트 시장은 "(다카시 총영사는) 그 전에도 일본군 위안부를 매춘부라고 말한 적이 있다"고 언론에 폭로하는 등 진실의 편에 서는 것을 주저하지 않았다.

일본군 위안부 문제에서 미국은 당사국이 아니다. 하지만 전쟁 범죄를 반대하고 역사 왜곡의 심각성에 공감하는 일부 정치인과 학자들 그리고 시민들은 일본군 위안부 희생자를 추모하는 동시에 일본의 속죄를 요구하는 평화의 소녀상을 자국에 건립할 수 있도록 아낌없이 지지하고 있다. 역사를 잊지 않으려는 동포들의 노력이 고맙고, 비록 소수이긴 하지만 우리와 함께 일본에게 역사의 진실을 촉구하는 타국의 국민이 고맙다.

먼 나라 미국에서 일어난 일본 외교관의 거짓말과 일련의 해프닝을 보면서 아마도 많은 국민은 '또 시작이구나'라는 생각을 했을 것이다. 사실 일본 정치인과 외교관, 정부 고위급 관리의 망언은 해마다 한두 번씩 꾸준히 반복되는 터라 이를 듣는 우리는 어느새 특별한 분노도 느끼지 않는 분위기다. 자꾸 매를 맞다 보면 꾸덕꾸덕 굳은살이 생겨 통증을 크게 느끼지 못하는 것과 같은 이치인데, 나는 우리 국민의 분노가 무덤덤해지는 것이 무척 걱정스럽다.

한국 침략의 역사를 왜곡하려는 일본의 행동은 더욱 치밀해지고 있는데, 이를 저지해야 할 우리는 분노는커녕 무관심으로 대응하거나 심지어 일본의 논리에 동조하는 무리도 생겨나고 있으니 다음 세대가 살아갈 우리나라의 미래는 어떻게 될 것인가. 또다시 일본과 주변 국가의 책략에 휘말려 국권을 침탈당하는 일이 벌어지지는 않을까, 세월이 흐를수록 자꾸만 노심초사하는 마음이 깊어지기만 한다.

일본과 우리 사이의 해결되지 않는 많은 역사적 문제는 사실 논쟁거리가 될 수 없다. 일본이 뭐라고 주장해도 우리에게는 그들의 거짓말을 반박할 증거가 있기 때문이다. 일본의 식민 통치를 실제 생활에서 경험하고 나라의 독립을 위해 싸워 온 나 같은 독립운동 가들이 생존해 그 시절을 이야기하고 있다. 특히 일본군 위안부 문제와 강제징용 등 범죄의 대상이던 생존 피해자들은 지금 이 순간도 사력을 다해 증언하고 있다.

나는 위안부 피해자들과 어떤 인연도 없지만 어린 시절 일본의 위안부 공출로 인한 공포를 직접 느낀 사람 중 하나다.

일제강점기, 내가 살던 평안북도 정주의 작은 마을에도 어김없이 위안부라는 공포의 바람이 불었다. 어른들은 삼삼오오 모여 '테이신따이(정신대)'에 대한 소문을 이야기했다. 세상을 잘 모르는 어린 나이였지만 열세 살에서 열여섯 살 사이의 누나들이 어디로 가서 무엇을 하게 되는지는 귀동냥만으로도 충분히 알 수 있었다. 내게는, 아니 조선인에게 그건 너무나 큰 공포였고 생존에 대한 위협이었다.

일본은 정식으로 모집했고 소녀들이 자발적으로 선택했다고 주장하지만, 모집은 공장 취업 등으로 속인 사기에 불과했을 뿐이며, 실제로 강제 공출이 있었다. 위안부 공출에는 조선인 면장들이 앞장섰다. 당시 일본은 조선인에 대한 행정을 수행할 우두머리로 친일 조선인을 임명했는데, 이는 마을 구석구석의 사정을 잘 모르는 일본인보다 효과적으로 수탈할 수 있었기 때문이다.

어느 집에 몇 살짜리 소녀가 있고, 집안 사정이 어떤지 훤히 알고 있는 친일 조선인들이 앞장서 적극적으로 소녀들을 데이신따이, 바로 위안부로 보냈던 것이다. 때문에 딸 가진 부모는 공출을 피하려고 조기 결혼을 시키기도 했다. 만약 일본의 말대로 순전히 자발적 선택이었다면 어린 딸을 조기 결혼시키거나, 문밖 단속을 하며 공포를 느껴야 할 이유가 전혀 없지 않겠는가.

위안부만이 아니다. 일본은 강제징용 문제도 철저히 부정하는 태도를 견지하고 있다. 2015년 조선인 강제징용의 현장 군함도를 일본이 유네스코 세계문화유산으로 등재하려고 시도하면서 강제징용 문제가 다시 수면 위로 떠올랐다.

전범기업 미쓰비시가 개발한 군함도는 순전히 일본이 전쟁에 필요한 물자를 조달하려고 조선인을 수탈한 곳이다. 일본의 산업혁명 유산이 아닌 전쟁의 유산이다. 전쟁에 필요한 제철과 석탄을 조달하고자 개발되었고 강제노동과 폭력, 학대가 일어나는 범죄 현장이 되었다.

이런 군함도가 유네스코 세계문화유산으로 등재될 것이라는 뉴스를 들었을 때 느낀 참담함이란 이루 말할 수 없었다. 일본군 위안부 문제와 더불어 인권 유린의 사례로 아직 양국의 논의 테이블에 조차 오르지 못한 강제징용 피해자 문제는 언제쯤 실마리를 풀고 법적 해결에 이를 수 있을까.

군함도는 일본이 해결하지 못한 역사 문제 때문에 세계적 유산으로 인정받을 자격이 없음에도 불구하고, 막강한 영향력을 동원해 결국 유네스코 세계문화유산으로 등재되었다. 단, 유엔은 "각 시설에 전체 역사를 이해할 수 있도록 기술한 시설물을 설치하라"는 조건을 제시했고, 일본은 본인의 의사에 반하여 동원돼 가혹한 조건에서 강제로 노역(forced to work)을 한 사람이 있음을 인정하고 피해자를 기리는 적절한 조치를 취하겠다고 유엔에 약속했다.

그러나 등재 이후 일본은 역시나 "(당시 일본 대사의 발언 중) 'forced to work'는 강제노역을 뜻하지 않는다"는 궤변을 늘어놓으며 유엔에서 공개적으로 약속한 바를 아무렇지 않게 저버렸다.

새 정부가 들어서자마자 한국과 일본은 일본군 위안부 문제로 또다시 치열한 신경전에 들어갔다. 일본은 한국이 대통령 탄핵이라는 사회적 혼란을 겪는 중에도 2015년의 '한일 위안부 협정'을 이행하라며 조바심을 드러내더니, 지금도 연일 공세를 늦추지 않고 있다. 국가 간 협정을 지키라는 말은 틀리지 않으나, 협정 내용과 체결 과정에 피해국으로서 도저히 용인할 수 없는 부분이 존재한다.

한일 위안부 협정에서 양국이 합의한 사항은 다음과 같다.

△위안부 문제는 군의 관여하에 다수 여성의 명예와 존엄에 상처

를 입힌 문제로서, 이러한 관점으로 일본 정부는 책임을 통감하고 △아베 총리는 사죄와 반성의 마음을 표명하고 △한국 정부는 위안부 지원 재단을 설립하고 일본 정부는 예산으로 자금을 일괄 거출하며 △일본 정부가 조치를 착실히 시행한다는 것을 전제로 위안부 문제는 최종적 및 불가역적으로 해결된 것을 확인하고 △소녀상 문제는 한국 정부가 관련 단체와 합의를 통해 적절히 해결되도록 노력을 한다는 것이다.

참으로 미흡한 내용이다. 우리가 요구하는 사과의 가장 중요한 핵심은 '진정성'이다. 그러나 이 협정의 내용에는 진정성이 없다. 그 이유는 다음과 같다.

첫째, 아베 총리는 일본 정부의 대표로서 직접 사과하지 않았다. 대독 사과를 했을 뿐이다.

둘째, 범죄성을 가장 강력하게 입증하는 강제 연행을 인정하지 않았다. 단지 군의 관여라는 모호한 표현은 잘못의 인정이 아니다.

셋째, 일본은 지급한 10억 엔을 배상금이 아닌 지원금으로 못 박고 있다. 배상금과 지원금은 매우 다른 의미다. 이 한 마디만으로도 알 수 있는 것은 그들이 여전히 범죄를 인정하지도, 반성도, 사과도 하지 않고 있다는 사실이다.

일본은 위안부 문제가 모두 해결됐으니 협정을 준수하라고 요구하면서 뒤에서는 여전히 위안부는 매춘부였고 자발적 선택이었다고 주장한다. 그들은 잘못을 반성하지도 사과하지도 않겠다는 의지를 행동으로 보여 주고 있다.

"이미 돈도 냈는데 약속을 지키라"는 일본의 요구를 우리는 절대로 받아들일 수 없다. 앞서 여러 번 강조한 바와 같이 스스로 잘못을 인정하고 책임을 다하는 태도를 보여 주지 않는 이웃 국가와 상생을 논할 수는 없는 일이다.

한 손으로 악수를 청하며 다른 한 손에 칼을 쥐겠다는 마음을 품고 있는 이웃이 있다. 나라를 뚝 떼어 이사를 갈 수도 없으니 우리는 현재도 미래도 그들과 함께해야 한다. 어떻게 하면 양국은 화해의 역사로 나아갈 수 있을까.

방법은 하나다. 그들이 진정한 사과를 함으로써 과거를 깨끗하게 청산하는 것이다. 한국은 두루뭉술하게 넘어가려는 일본의 책략을 받아들여서는 안 된다. 청산되지 않으면 악(惡)은 결코 사라지지 않는다.

과거 아닌 미래를 위해
역사를 말하자

역사를 잊은 민족에게 미래는 없다.

- 윈스턴 처칠(Winston Churchill)

"침략에 대한 정의는 학계에서도 국제적으로도 확실치 않다."

일본의 아베 신조 총리는 2차 세계대전의 전범국가로서, 또 아시아 각국에 고통을 준 침략국가로서 국제사회로부터 사과를 요구받을 때마다 한결같은 입장을 견지해왔다. 한 마디로 일본의 침략 행위가 역사적으로 재해석되어야 한다는 게 아베 총리, 바로 일본의 주장이다.

역사는 시대를 거듭하며 늘 재해석된다. 하지만 재해석 과정에서도 사실(fact)은 변하지 않는다. 누가 2차 세계대전을 일으켰는 가, 또 누가 한국과 만주를 점령하고 중국과 말레이반도를 침략했 는가. 이는 "해가 동쪽에서 뜬다"는 과학적 사실처럼 진실을 다투 는 논쟁을 필요로 하지 않는다. 이토록 뻔한 사실을 두고 오직 일본 만이 재해석을 운운하고 있다.

2015년 8월 15일은 일본이 패전 70주년을 맞는 날이었다. 세계 각국은 이날 아베 총리의 '전후 70주년 담화'를 주목했다. 이미 오 래전부터 대놓고 신군국주의의 길을 걷고 있는 일본이 과연 세계 가 기대하는 수준의 반성과 사과를 할 것인가. 특히 일본의 전쟁과 침략 행위 탓에 가장 직접적인 피해를 본 우리나라의 눈과 귀도 일 본을 향하고 있었다.

내용은 역시 실망스러웠다. 아니 솔직히 분노를 느꼈다. 아베 총 리는 담화에서 많은 부분을 미래에 대한 이야기로 채웠지만 반성 과 사과는 없었다. 오히려 잘못을 궤변으로 회피하고, 앞으로 더 이상 사과하지 않겠다는 식의 발언으로 주변 국가들을 경악하게 했다.

아베 총리는 전후 70주년 담화에서 일본이 2차 세계대전을 일으 킨 것은 세계 공황과 구미제국의 식민지 경제 블록화 때문에 '불가 피한' 선택을 한 것이라고 주장했다. 러일전쟁의 승리로 아시아와 아프리카 국가들이 용기를 갖게 됐다고도 했다. 또 일본군 위안부 피해자의 "상처 입은 과거를 가슴에 새기겠다"거나 2차 세계대전에서 목숨을 잃은 일본인과 각국 피해자들을 '위로한다'는 표현으로 사과를 피해갔다.

그러면서 일본이 전후 70년 동안 평화 국가로서 걸어온 행보에 자부심을 느낀다는 말로 자화자찬을 아끼지 않았다. 그리고 무엇보다 "전쟁과 관련 없는 전후 세대에게 사과를 계속할 숙명을 짊어지게 해서는 안 된다"는 매우 의미심장한 말을 담았다.

이 말은 과연 무엇을 의미하는가. 일본의 패전 70주년을 기념한 날, 아베 총리는 과거 전범국가로서 전 세계를 향해 마땅히 해야 할 사과를 거절했다.

그로부터 얼마 후 딸들과 사위들이 함께한 저녁 자리에서 아베 총리와 일본에 대한 이야기가 화제로 등장했다.

"아버지, 아베의 태도를 어떻게 생각하세요?"

평소 일본과 우리 역사에 대한 내 입장을 잘 알고 있는 자식들의 표정과 목소리에는 노기가 배어 있었다.

"우리도 이제 과거가 아닌 미래를 봐야지, 앞으로 나아가려는 노력이 필요해."

그런데 내 말이 떨어지자마자 순간 분위기가 이상했다. 딸이나 사위나 할 것 없이 모두 눈을 동그랗게 뜨고 나를 응시하는 것이 아닌가. 아마도 내 답변이 자식들의 예상을 한참 벗어났기 때문인 듯했다.

일본과 얽힌 역사를 대할 때면 나는 무척 민감한 사람이다. 일제 강점기에 태어나 독립운동가로 투쟁했고, 침탈당한 과거로부터 시작된 굴곡진 현대사를 거쳐 오면서도 내 조국이 최고라는 믿음을 지키며 살아왔다. 이런 내가 아베 총리의 망언에도 화를 내지 않고 '과거가 아닌 미래를 보자'고 하니 적잖이 놀랐을 것이다.

그러나 그날 내가 하고 싶었던 말은 아베 총리의 담화 내용에 찬성하거나 일부 동감의 뜻을 나타낸 것이 절대 아니었다. 오히려 그가 담화문에서 밝힌 한 문장, "전쟁과 관련 없는 전후 세대에게 사과를 계속할 숙명을 짊어지게 해서는 안 된다"는 말이 실현되는 데 필요한 것을 얘기하고 싶었다.

해답은 간단하다. 바로 제대로 된 '청산'이다. 전후 70년이 훌쩍 넘도록 아직도 화해하지 못한 역사의 책임은 누구에게 있는가. 이 때문에 비롯된 고통과 국가적 에너지 낭비를 지속하며 미래를 향해야 할 파트너십을 해치는 건 누구인가. 바로 일본의 극우 보수 정치인들과 학자들 그리고 이 같은 논리에 동조해 우리 역사를 흔드는 한국의 일부 친일 정치인과 지식인이다.

일본이 일으킨 전쟁과 전혀 관련 없는 양국의 전후 세대가 역사를 두고 반목을 거듭하게 해서는 안 된다. 역사를 왜곡하는 방법으로 위대한 일본을 만들 수 있다고 믿는 일본의 정치인과 학자 등 극우 세력의 어리석고 하찮은 애국심이 참으로 안타깝다. 이런 그들이 해마다 패전을 기리는 날이 되면 주변 국가들에게 미래를 함께 하자고 말한다. 그들이 말하는 미래가 공허한 단어에 불과할 수밖에 없는 이유다.

10여 년 전 일본 후쿠오카로 가족 여행을 떠난 적이 있다. 아내와 딸들 그리고 사위와 손자, 손녀들까지 모이니 웬만한 패키지여행 못지않은 대규모 여행단이 꾸려졌다. 3대가 함께하는 여행이다 보니 서로 관심사가 달라 나누는 화젯거리도 다양했는데, 나는 일본에서 우리 역사와 문화를 확인하며 느끼는 시간이 참 좋았다.

후쿠오카 여행을 가면 한 번쯤 꼭 들러야 하는 유명한 관광지 중에 아리타(有田) 도자기 마을이라는 곳이 있다. 세계적으로 명성을 얻고 있는 일본 도자기 역사의 성지(聖地)라고 해도 무방한 이곳에 가면 일본 '도자기의 신'으로 존경받는 조선의 도공 이삼평의 이야기를 만날 수 있다.

이삼평은 임진왜란 때 150여 명의 도공과 함께 일본의 아리타로 끌려와 일본 최초로 백자를 만들었다. 조선의 백자 기술에서 탄생한 아리타의 도자기는 인근의 항구 이마리(伊万里)를 통해 유럽으로 수출됐는데, 이것이 명품 도자기 브랜드 이마리의 탄생 배경이다.

이삼평과 조선 도공의 숨결로 탄생한 일본의 백자는 17세기 무렵 이미 세계 시장에서 명성을 떨치던 중국의 도자기에 버금가는 평가를 받았다. 명나라와 청나라 교체기에 잠시 중국의 도자기 수출이 주춤한 때를 틈타 유럽 시장에 진입한 일본은 조선의 도예 기술 덕분에 탄생한 자국의 도자기 산업을 비약적으로 발전시켰다.

아리타 마을의 도공들은 이삼평을 신으로 여길 정도로 존경했다. 도잔신사(陶山神社)를 건립해 그에게 제사를 지내고, 신사 뒷산에는 이삼평을 기리는 '도조 이삼평 비'도 세웠다.

우리 역사를 잘 알지 못하는 손자, 손녀들은 이삼평의 이야기를 들으며 강한 인상을 받은 듯했다. 책에서 한두 줄 문장으로 읽는 역사와 달리, 타국에서 직접 보고 듣고 느끼는 한국의 문화와 역사는 당연히 큰 차이가 있었을 것이다.

문화 선진국을 자부하는 일본에서 우리 문화의 우수성을 확인한 아이들의 표정은 이전과는 달랐다. 도자기 전시관을 둘러보는 자식들과 손주들의 반짝이던 눈빛에서 나는 자부심을 읽었다.

일본과 한국, 이웃한 두 나라의 문화 교류는 사실 무척 오래전부터 지속되어 왔다. 오천 년 역사를 이어 오면서 한국은 교류를 통해 일본의 문화와 산업 발전에 크게 기여해 왔다. 고대 백제의 역사와 문화가 가장 대표적이다. 한국으로부터 받은 문화적 영향을 폄하하는 일본도 그들의 고대 역사에 등장하는 백제의 정치와 문화 그리고 사람들에게서 받은 영향만큼은 깨끗하게 인정한다. 일본이 자랑하는 고대 아스카 문화의 원류가 백제라는 사실은 부정할 수 없는 사실이다.

이후 근현대를 지나면서 일본의 산업과 문화적 영향이 우리에게 미쳤고, 이제 또다시 한류라는 이름으로 우리의 문화 산업이 일본에 큰 영향을 미치고 있다.

나라와 나라가 함께 어우러져 살아간다면 서로에게 도움이 되는 발전 관계를 전제로 해야 한다. 그러나 역사를 통해 배웠듯이 국가 관계란 언제나 사이좋은 친구와 같을 수는 없다. 오히려 갈등이 반복되고 전쟁으로 벌어진 상처 때문에 회복하기 어려운 적대적 관계를 형성하는 사례가 더 많다. 하지만 결국 서로에게 영향을 미치며 살아갈 수밖에 없는 게 지구촌 사회다. 게다가 앞으로는 국가의 경계라는 말이 무색할 만큼 더 밀접하게 섞여 살아가는 세상이 올 것이다.

미래의 한국과 일본도 더 많은 자산을 주고받으며 새로운 유산을 바탕으로 또 다른 관계를 설정할 것이다. 미래에 두 나라의 역사는 과연 어떻게 쓰일 것인가.

지금 우리가 일본에게 역사의 죄를 깨끗이 청산하라고 요구하는 것은 과거를 발목 잡으려 함이 아니다. 치유하지 못한 역사의 아픔을 깨끗하게 정리해야만 미래에 두 나라가 보다 발전적인 역사를 쓸 수 있기 때문이다.

청년들이여, 미래는 당신들의 것이다. 적극적으로 역사를 이해하고 사랑하라. 과거의 아픔이나 영광을 되새김하려 함이 아니다. 역사에서 배우고 새로운 역사를 써 나가며 세상의 주인공이 되길 바란다. 그런 미래를 희망하며 우리는 지금 청산되지 않은 역사를 얘기해야만 한다.

누가 역사를
왜곡하는가

역사는 움직인다. 그것은 희망으로 나아가거나 비극으로 나아간다.
- 조지 W. 부시(George W. Bush, 미국 43대 대통령)

"우리 생존독립애국지사 유공자와 유족들은 총궐기하여 건국절
이라는 망국 논리를 철회할 때까지 극한투쟁을 할 것이다."

2016년 8월 나는 독립유공자 동지들과 함께 언론의 마이크 앞
에 섰다. 그날은 2008년 8월의 데자뷰였다. 8년 전의 그날을 그대
로 반복하듯 똑같은 상황이 펼쳐졌고, 달라진 건 오직 우리 애국지
사의 나이뿐이었다.

그날 우리는 건국절 제정 음모를 '반민족적이고 반역사적 쿠데

타'로 규정하고 대정부 투쟁을 선언했다. 또한 '대한민국의 정통성을 부인하고 헌법을 유린하며 독립선열들을 능멸하고 국론을 분열시키는 이들을 반민족행위자로 규정하고 단호히 응징할 것'을 다짐했다. 한국독립유공자협회 외 전국의 180여 독립운동 유관단체가 함께 결성한 '건국절반대독립운동단체연합회'는 우리의 의지를 고스란히 담은 성명서를 〈동아일보〉(2016. 9. 5)와 〈문화일보〉(2016. 9. 6) 사설면에 게재했다.

나는 이후로도 정치계 인사들과 언론을 만나 건국절 제정의 부당함을 알리고자 동분서주했다. 당시 한국독립유공자협회 회장으로서 무거운 책임을 맡은 만큼 생각도 무척 복잡했다. 아흔한 살, '평생을 이어 온 나의 투쟁은 아직도 끝나지 않았구나'라는 생각에 비통한 심정이었다.

그러나 감상은 오래 가지 않았다. 앞장선 나를 보며 뜻을 지키려는 동지들 그리고 독립유공자 후손들의 얼굴이 눈에 들어왔다. 분노와 허탈함이 교차하는 침울한 분위기에 젖어 있는 동지들에게 나는 주저 없이 말했다. "오늘 여기 함께 있는 당신들이야말로 대한민국의 주인입니다"라고.

2008년 8월에도 나는 여름의 태양보다 더 뜨거운 역사 논쟁의 한복판에 있었다. 대한민국 건국절 논쟁이 바로 그것이다. 뉴라이트 학계를 중심으로 1948년 8월 15일은 대한민국 정부수립일이 아니라 건국일이며, 따라서 8·15 광복절을 건국절로 개칭해야 한다는 주장이 나온 건 꽤 오래전 일이다. 해마다 광복절 즈음하면 슬금슬금 등장했다 사라지기를 반복하던 건국절 주장이 당시 이명박 정부를 등에 업고 법제정을 향해 폭주하기 시작했다.

광복절을 건국절로 바꾸려는 그들의 의지는 무척이나 강했다. 한나라당(자유한국당과 바른정당)은 광복절을 건국절로 개칭하자는 내용을 담은 '국경일에 관한 법률개정안'을 국회에 제출하고 힘으로 밀어붙였다.

나는 우리 사회가 또다시 반으로 갈라져 치열하게 싸우는 논쟁의 한가운데 서서 뜨거운 울분을 느꼈다.

나는 오산학교에 재학 중이던 1942년 항일단체인 '혈맹단'을 조직했다. 열여섯 살 어린 학생들이 모여 비밀결사단을 조직하고, 항일 선전전과 일본인 교장 배척운동 등을 전개하며, 뜨겁게 꿈꾸던 미래는 대한민국의 독립이었다. 1945년 일제에게 혈맹단 활동이 발각돼 모진 고문을 받고 신의주 감옥에 갇힌 몸으로 조국의 독립을 맞이했다. 그날 느낀 벅찬 감동을 지금도 생생히 기억한다.

건국절을 주장하는 자들은 1948년 8월 15일이 되어서야 대한민국이 건국되었다고 주장하지만, 이는 말도 안 되는 소리다. 그들의 주장대로라면 1948년 이전에는 대한민국이라는 나라는 없었다는 것인데 그렇다면 조국 독립을 위해 목숨 바쳐 투쟁한 독립선열과 태극기를 흔들며 대한독립만세를 외친 민초들은 없는 나라를 되찾겠다고 독립투쟁을 했다는 말인가. 일제 강점 암흑기에 독립투쟁 현장에서 대한민국을 위해 싸우던 우리 생존독립유공자들이 아직도 건재한데 1948년 8월 15일에 대한민국이 건국되었다니 이게 무슨 해괴한 망발인가.

1919년 4월, 우리 민족을 대표한 임시정부는 일본의 국권 강탈에 맞서 스스로 독립국가임을 선포했고, 국호를 대한민국이라 정했으며, 조국의 수많은 청년이 대한민국의 독립을 바라며 그들의 삶을 송두리째 던져 투쟁했다. 나라를 잃은 참혹한 민족 비극의 현장에서도 독립선열들이 목숨 바쳐 이룩한 역사를 누가 왜곡하려 하는지 잘 알고 있고, 그들의 검은 속내가 무엇인지 뻔해 입에 올리기조차 부끄럽기 짝이 없다.

당시 팔순의 나이를 훌쩍 넘긴 나는 열여섯 살 소년 때 품었던 그 마음 그대로 세상에 나섰다. 물론 내 곁에는 같은 길을 걸어 온 광복회 회원들과 독립유공자 동지들이 함께했다. 역사를 왜곡하려는 세력으로부터 우리는 꼭 지키고 싶은 것이 있었다. 바로 후손들의 미래다.

그 소중한 가치를 지키자며 우리 독립유공자들은 정부로부터 받은 훈장을 모두 반납하기로 결의했다. 잃은 나라를 되찾은 공적을 인정받아 받은 대한민국건국공로훈장은 독립유공자와 유족들에게 명예 그 이상의 자부심이다. 하지만 망국적인 건국절 논란을 보며 비통한 심정을 금할 길이 없었다. 어느덧 고령에 접어든 생존독립유공자들이 그들에게 삶과 다름없는 훈장을 스스로 반납하겠다고 선언할 만큼 무척 절박했다.

정부의 입장이 워낙 강경했기 때문에 쉽지 않은 싸움이 될 것으로 생각해 오랜 시간 투쟁을 각오했는데, 뜻밖에도 몇 달 후 정부를 대리해 유인촌 문화체육부 장관이 광복회를 찾아왔다. 유 전 장관은 "임시정부의 법통을 누가 부인할 수 있겠느냐"며 "나라를 세우는 데 가장 고생하신 어른들께 심려를 끼쳐 드려 마음이 아프다"는 말로 사과했다.

그때 우린 그 말을 믿었다. 아니 믿고 싶었다. 진심이 통했다고 생각하고 싶었다. 하지만 2016년, 그들은 마치 좀비처럼 부활했다. 잠시 몸을 낮추었을 뿐 건국절을 또다시 주장함으로써 역사를 왜곡하고자 하는 강렬한 열망은 멈추지 않은 것이다.

박근혜 정부의 건국절에 대한 의지는 이전 정부보다 더 강했다. 국민적 반대가 높은 상황에서도 8·15 광복절 기념식에서 직접 '건국의 날'을 언급했고, 국정역사교과서에 1948년 8월 15일을 '대한민국 수립'으로 명시했으며, 새누리당(자유한국당과 바른정당)은 또다시 법제정을 위한 활동에 돌입했다. 교묘한 궤변을 논쟁으로 만들어 국민의 눈과 귀를 어지럽히는 그들의 목적은 무엇인가. 바로 역사를 왜곡함으로써 그들의 부끄러운 과거를 세탁하고자 함이다.

1945년 8월 15일 우리는 독립했지만, 곧 이념으로 갈린 분단을 겪어야 했다. 미군정기를 거치면서 반공이 국시가 되었고, 바로 이때 얼마 전까지 독립운동가들을 잡아 고문하던 친일 고등계 형사들이 공산주의자 색출에 주도적인 역할을 맡게 됐다. 1948년 8월 15일 남한에 대한민국 정부가 수립됐고, 이들은 새로운 정부가 수립되는 과정에 대거 참여했다. 물론 친일행위자의 반민족행위를 조사하는 반민족행위특별조사위원회가 설치되었지만 이미 정부 요직에 들어앉은 친일파의 노골적인 방해로 성과를 거두지 못했다.

건국절 제정 주장은 이때 친일반민족행위자를 제대로 처단하지 못한 과오에서 출발한다. 절대로 있을 수도, 있어서도 안 되는 일이지만, 만약 1948년 건국이 인정된다면 당시 정부 수립에 기여한 친일파는 자연스럽게 건국유공자가 된다. 이것이 바로 친일반민족행위자와 그 후손들이 건국절 제정을 주장하는 이유이며, 때문에 이들이 그 어떤 논거를 들어 주장을 하더라도 반민족적이고 반역사적일 수밖에 없다.

　반민족행위자들이 국가유공자가 되어 그 후손들이 명예를 누리는 나라를 상상해본 적이 있는가. 나는 그런 나라를 꿈에서조차 생각할 수 없다.

　민족을 유린한 자들이 혼란의 시대를 틈타 권력 집단에 입성하고, 그 힘을 바탕으로 기득권을 유지하다가, 더 나아가 부끄러운 과거를 지우고 아예 새로 만들려고 한다. 역사를 세탁하는 방법을 통해서 말이다. 이것은 민족반역자의 역사 쿠데타이며 있을 수 없는 폭거다. 때문에 우리 독립유공자들은 박근혜 정부를 향해 향후 정부가 주도하는 3·1절, 광복절 등 모든 독립운동 관련 기념식에 불참하고, 생존독립유공자와 유족들은 정부로부터 받은 건국공로훈장을 반납하며, 온 국민과 함께 범국민운동연대를 설립해 건국절 제정을 결사반대하는 투쟁에 나설 것을 선언했다.

　이 불의한 세력의 부끄러움을 모르는 행동을 지켜보며 좌절을 느끼는 사람이 비단 나와 우리 독립유공자들뿐일까. 나는 그렇지 않다고 굳게 믿는다.

　정의가 죽은 사회에서는 공정함을 이야기할 수 없고, 공정함의 가치가 지켜지지 않는 사회에서는 미래를 꿈꿀 수 없다. 미래를 꿈꿀 수 없는 사회에서 희망은 자라지 않는다. 미래의 희망을 짓밟는 이들의 역사관을 경계해야 하는 이유다.

〈동아일보〉 2016년 9월 5일 사설면
〈문화일보〉 2016년 9월 6일 사설면

• 건국절 제정 음모 규탄 성명 •

반민족적이고 반역사적인 역사 쿠테타 건국절 제정을 반대한다

잃었던 나라를 되찾는 데 공적이 있다 하여 정부로부터 대한민국 건국공로훈장을 수여받고 독립유공자와 유족이라는 명예로운 호칭을 들으며 자부심을 갖고 살아온 우리 생존독립유공자와 유족들은 작금의 망국적인 건국절 논란을 보면서 비통한 심정을 금할 길 없다.

건국절 제정 논란에 숨어 있는 반민족적이고 반역사적인 음모는 친일반민족행위자 처단을 하지 못한 해방정국에서 정부 수립에 대거 참여한 친일민족반역자들을 건국유공자로 만들어 민족반역자들에게 면죄부를 주려는 역사 쿠테타로 이것은 있을 수 없는 폭거이다.

대한민국 건립이 1948년 8월 15일이라면 이전에는 대한민국이라는 나라는 없었다는 것인데, 그렇다면 조국 독립을 위해 목숨 바쳐 투쟁한 독립선열들과 태극기를 흔들며 대한독립만세를 외쳤던 민초들은 없는 나라를 되찾겠다고 독립투쟁을 했다는 것인가?

일제 강점 암흑기에 독립투쟁 현장에서 대한민국을 위해 싸웠던 우리 생존독립유공자들이 이렇게 건재한데 1948년 8월 15일 대한민국이 건립되었다니 이게 무슨 해괴한 망발인가!

나라를 잃고 참혹한 민족 비극의 역사 현장에 있었던 독립선열들이 목숨 바쳐 이룩한 역사를 누가 왜? 왜곡하고자 하는지 우리는 잘 알고 있다.

우리 생존독립유공자들과 독립운동 후손들은 대한민국의 정통성을 부정하고 헌법을 유린하며 독립선열들을 능멸하고 국론을 분열시키는 이들을 반민족행위자로 규정하고 단호히 응징할 것임을 천명한다.

또한 우리 독립유공자들은 일부 여당 의원들의 건국절 제정 주장은 대한민국의 정통성을 뒤흔들고 헌법을 정면으로 부정하는 반민족적이고 반역사적인 행위이므로 즉각 철회하고 국민에게 사죄할 것을 강력히 촉구한다.

만약 건국절 제정 시도를 계속한다면

1. 우리는 건국절 제정을 획책하고 있는 현 정부하의 3·1절, 광복절 등 독립운동 기념식에 불참한다.

2. 우리 생존독립유공자와 유족들은 정부로부터 수여받은 건국공로훈장을 반납한다.

3. 우리는 온 국민과 함께 범국민운동연대를 설립하여 건국절 제정 결사반대 투쟁에 나설 것이다.

건국절반대독립운동단체연합회

사)한국독립유공자협회, 사)한국광복군동지회,

사)독립유공자유족회, 사)민족대표33인유족회, 사)순국선열유족회,

사)대한민국임시정부기념사업회, 사)민족대표33인기념사업회,

사)조선민족대동단기념사업회 외 180여 독립운동유관단체

임시정부,
굴복하지 않은 역사

우리는 전투에서 졌을 뿐입니다. 전쟁은 아직 끝나지 않았습니다.

\- 샤를르 드골(Charles de Gaulle)

어릴 적 나는 백부님으로부터 독립운동 이야기를 들으며 자랐다. 백부님은 한국 독립군 3대 대첩 중 하나인 청산리전투에 참전하신 독립군 검독(檢督) 승준현 선생이다.

백부님은 고작 아홉 살 정도밖에 되지 않는 어린 조카에게 임시정부와 독립군의 활약상을 마치 옛날이야기처럼 재미있게 들려주셨다. 막강한 전투력을 갖춘 일본군에 비해 턱없이 전력이 열악한 독립군이 봉오동, 청산리, 대전자령 전투에서 일본 정규군을 섬멸

하는 장면을 들려주실 때는 꽉 쥔 주먹 안으로 촉촉하게 땀이 배어 나올 정도로 이야기에 집중하곤 했다.

그 시절 백부님에게 들은 '임·시·정·부', 이 네 글자를 나는 머릿속에 깊게 새겼다. 일제의 서슬이 시퍼렇게 살아 있던 당시 임시정부라는 말은 금기어였고, 그 단어를 입에 올렸다 들켰다가는 일본 경찰에 잡혀가 모진 고초를 겪는 건 당연한 상식이었다. 그럼에도 불구하고 임시정부는 나뿐 아니라 독립을 바라는 대다수 국민에게 존재하는 거대한 희망이었다. 비록 조국 땅을 떠나 '임시'라는 타이틀을 달고 있지만 스스로 정부를 수립하고, 대한민국이라는 국호를 선포한 어엿한 우리 정부였기 때문이다.

하지만 마음속 깊이 꼭꼭 묻어둔 임시정부지만 내 현실과는 조금 거리가 있었던 게 사실이다. 무엇보다 우리나라가 아닌 먼 중국 땅에 있어 평범한 국민은 멀리서 간간이 들려오는 소식 정도로만 접하다 보니, 상상 속의 영웅처럼 실체를 느끼기 어려웠다.

그러나 임시정부를 의심하거나 그 의미를 인정하지 않은 적은 단 한 번도 없다. 오히려 더 강렬하게 열망하고, 함께하기를 희망했다. 오죽하면 오산학교 시절 조직한 혈맹단의 1차 목표가 당시 중경에 있던 임시정부로 가서 독립군에 합류하는 것이었을까.

일본의 참담한 식민 통치 아래서도 우리 정부가 살아 있고, 독립을 포기하지 않고 있다는 사실만으로도 암흑의 시대를 살아가는 국민에게는 시대를 버텨 낼 수 있는 자존심이자 희망의 증거가 돼 주었다.

건국절을 주장하는 뉴라이트 쪽에서는 임시정부의 의미를 애써 축소하기 바쁘다. 그들의 주된 주장은 "임시정부는 망명정부로서 국제사회로부터 독립된 국가로 인정받지 못했다"는 것이다. 또한 임시정부 설립 당시 국가구성의 필수 요소인 영토, 국민, 정부, 주권의 4요소를 충족하지 못했기 때문에 미군정으로부터 통치권, 즉 주권을 인수한 1948년 8월 15일이 대한민국의 건국일이라는 것이다. 평소 역사 문제에 관심이 적다면 언뜻 '그럴 만하다'고 착각할 수 있지만, 나는 이들의 주장에 반대한다.

잠시 우리와 비슷한 경험을 한 프랑스의 사례를 보자. 2차 세계대전이 발발하고 독일에 점령당한 프랑스는 1940년 7월 보수 우파의 가치를 강조하는 '비시(Vichy) 프랑스' 시대를 열었다. 적법한 절차에 따라 탄생한 비시정부는 1차 세계대전의 영웅 패탱 원수가 이끌었고, 친독일 정책을 이어갔다.

바로 이때 드골 장군이 이끄는 '자유 프랑스'가 영국에서 망명정부를 선포했다. 한 나라에 두 정부가 설립된 것인데, 국제사회 특히 세계무대에서 막강한 영향력을 행사하는 미국은 비시정부를 인정했고, 많은 나라가 그에 동조했다. 오직 영국만이 망명정부를 지지

했을 뿐이다.

그러나 국민들은 친독일 비시정부를 따르지 않았다. 오히려 드골의 망명정부를 중심으로 저항해 나갔다. 전쟁이 끝난 후 비시정부의 고위 인사는 역사적 청산의 대상이 됐다. 지독할 만큼 철저하게 진행된 친독 괴뢰정부 청산 과정에서 반역자들은 철퇴를 맞았다. 국민들은 국제사회가 인정한 비시정부가 아닌 국가와 민족을 위해 투쟁한 망명정부의 법통을 인정했고, 드골은 프랑스 대통령이 됐다.

지금 뉴라이트가 임시정부의 정통성을 인정하지 않는 근거로 제시하는 국제사회의 인정과 영토, 국민, 정부, 주권 등 국가구성의 4개 요소보다 우선하는 건 이처럼 자주적으로 민족정신과 국민의 뜻을 수호했느냐 여부, 즉 역사적 정당성이다.

2017년 이승만 전 대통령의 자필 사인이 기재된 공식 문서 한 장이 공개됐다. 1919년 6월 18일 영문으로 작성된 이 문서는 대한민국 임시정부의 대통령으로서 이승만 박사가 일본 천황에게 보내는 형식으로 '대한민국이 독립적 주권국가임을 인정하라'는 요구를 담고 있다.

뉴라이트가 건국의 아버지로 추앙하는 이승만 전 대통령은 생전 단 한 번도 1948년 8월 15일을 건국의 날로 인정한 적이 없다.

1948년 정부수립일 행사에서 그는 '대한민국 30년 8월 15일 대통령 이승만'이라는 말로 연설을 마쳤다.

대한민국 정부가 임시정부의 법통을 잇고 있음을 분명하게 밝힌 것이다. 뿐만 아니다. 우리 헌법은 전문에서 유구한 역사와 전통에 빛나는 우리 대한민국은 3·1운동으로 건립된 대한민국 임시정부의 법통과 불의에 항거한 4·19 민주 이념을 계승하고 있음을 밝히고 있다.

대한민국 임시정부는 1919년 4월 13일 상하이에서 설립됐고, 그해 12월 국무회의에서 3·1절(3월 1일), 헌법발포일(4월 11일), 개천절(음력 10월 3일)을 국경일로 정했다. 3·1절은 알다시피 독립국가임을 선언한 3·1운동 정신을 기리기 위함이고, 헌법발포일은 대한민국 임시정부의 헌법을 공포한 날, 개천절은 단군이 건국한 날을 기념하기 위한 것이다.

여기서 주목할 것이 바로 개천절이다. 오천 년 유구한 역사를 이어 오며 한반도에 많은 나라가 세워졌지만 임시정부가 단군이 나라를 세운 날을 건국일로 정한 것은 우리 민족이 반만년 전에 국가를 세우고 정치를 해온 문화민족이라는 사실을 전 세계에 알리고 싶어서였다고 한다.

이러한 뜻이 현재에도 이어져 3·1절과 개천절이 국경일로 유지되고 있다. 그 시절 임시정부를 이끌던 우리 독립운동가의 지혜에 새삼 머리가 숙여진다.

광복절의 의미 역시 다시 한번 짚고 넘어갈 필요가 있다. 1948년 이전에는 8월 15일을 해방기념일과 독립기념일이라는 이름으로 불렀다. 그런데 8월 15일은 '독립'과 '정부 수립'이라는 두 가지 의미를 담고 있기 때문에 1948년 수립된 정부는 명칭을 고민하다 이 두 가지 의미를 모두 담아 '빛을 찾다', '주권을 되찾다'는 뜻의 '광복절'이란 명칭으로 바꿨다.

그러니 광복절이란 독립과 대한민국 정부 수립을 모두 경축하는 국경일이다. 새롭게 건국절이나 정부수립일을 기념하는 국경일이 필요하지 않은 이유다.

광복회 부회장을 오랫동안 역임하고, 최근까지 한국독립유공자협회 회장을 역임하는 동안 나는 기회가 있을 때마다 중국 곳곳의 항일유적지를 찾았다. 특히 상하이와 충칭에 있는 임시정부청사는 여러 차례 방문했다.

나름 관리가 잘되어 있는 편이지만, 우리의 소중한 역사 유산이라는 점을 생각하면 그 소박함이 조금은 섭섭할 수밖에 없다. 어린 시절 내가 듣던 영웅담의 주인공들이 목숨을 걸고 거사를 감행했을 임시정부를 백발의 노구를 이끌고 방문한 때의 감정이란 말로 표현하기 어려울 만큼 감동적이었고, 또한 착잡했다.

매번 방문할 때마다 잘 관리해 달라며 중국 관리를 통해 소정의 기부금을 내놓고 오는데, 돌아서는 마음은 마치 어린 자식이라도 떼어놓고 오는 것처럼 짠하기만 하다.

아직도 어둡고 고통스러운 기억으로 남아 있는 역사지만, 나는 우리 역사가 부끄럽지 않다. 졸지에 나라 잃은 국민이 돼 일본의 온갖 핍박을 받으면서도 독립된 주권을 포기하지 않은 당당한 국민이 바로 우리다. 그리고 그 국민이 세운 나라가 대한민국이다. 내가 부끄러운 건 오히려 과거에 청산하지 못한 친일의 무리가 건국절 논란을 일으키며 부활하고, 말도 안 되는 부조리함이 반복되는 지금의 현상이다.

요즘 청년들 사이에 '헬조선'이라는 말이 유행이라고 한다. 처음에는 무척 생소한 단어라 무슨 뜻인가 알아보니 부조리한 우리 사회를 표현하는 말이라고 했다. 헬조선이란 지옥의 조선이라는 뜻인데, 소중한 국가를 스스로 지옥으로 폄하하는 이 상황이 당황스럽고 가슴 아프다.

헬조선이라는 단어가 등장한 데에는 여러 가지 이유가 있겠지만, 불공정과 비리가 횡행하는 사회에 대한 불만과 분노가 큰 영향을 미쳤을 것이다. 이 불만과 분노의 내면에는 제때 청산하지 못한 역사적 부조리함이 자리 잡고 있다는 게 내 생각이다. 때문에 우리는 역사적으로 부조리한 세력, 친일 반민족 세력의 욕심과 책략에 굴복할 수 없다. 굴복이란 병을 치료하는 대신 목숨을 포기하는 것과 같다. 우리가 해야 할 일은 친일 반민족 세력의 반역사적 행태를 자각하고 적극적으로 차단하는 것이지, 조국과 자신을 폄하하는 것이어서는 안 된다.

청년은 우리의 미래다. 미래를 지키기 위해, 역사를 바로 지키는 일은 무엇보다 중요하다. 특히 누구보다 청년들의 관심을 촉구한다. 부조리한 사회는 부조리함을 용납하고 회피하는 작은 행동에서 시작한다. 역사를 지키는 일이 미래의 삶을 희망으로 만드는 출발점이라는 것을 알면서도 행동하지 않고 불만의 목소리만 키우는 건 삶을 더욱 어둡게 만드는 선택일 뿐이다.

이름 없는
영웅들을 생각하며

가로되 역사는 그 나라 국민의 변천과 소멸 성장의 실제 발자취이니 역사가 있는 나라는
필히 흥하나니라. (…) 그 나라에 시저 같은 영웅이 있어도 국민이 알지 못하면 없는 것과
같은 것이며, 그 나라에 나폴레옹 같은 인물이 있어도 그 나라 국민이 알지 못하면 없는 것과
같은 것이니 역사가 없으면 필경 나라가 망하게 되리니. 오호라, 망망한 수천 리 땅과 육대양
넓은 바다에 별들처럼 늘어선 나라가 부지기수이건만 지금까지 강대한 나라로
지칭하는 나라는 모두 역사를 가지고 있는 나라이니라.

– 단재 신채호

어느 나라의 역사든 영웅이 있다. 매우 특별한 업적과 드라마를
가진 영웅 이야기는 가족과 마을을 넘어 한 민족과 국가의 자랑이
되기도 한다. 그런데 영웅의 반열에 이름도 올리지 못했으면서 민
족과 나라를 위해 목숨을 던진 사람들이 있다. 전란을 많이 겪은 우
리의 역사에는 유독 이런 영웅이 많다.

일제강점기 시절, 수많은 영웅이 죽어서도 조국의 품으로 돌아
오지 못했다. 옛 만주벌에서 조국 독립을 쟁취하고자 일어선 그들

의 희생 덕분에 민족은 나라를 되찾고 역사를 이어 올 수 있었다. 그토록 꿈에 그리던 조국에서 그들의 숭고한 정신이 다시 피어날 수 있도록 우리 후손은 수많은 무명용사에게 감사를 드려야 하고, 또 이들의 혼을 오래 기리기 위해 할 일이 있다.

지난 2005년 9월 26일, 나는 중국 선양(瀋陽)으로 향하는 비행기에 올랐다. 선선한 바람과 맑은 하늘이 좋은 가을날이어서 여행을 떠나는 길이라면 한가롭고 편안하게 여유를 즐길 만도 했지만, 나는 선양에 머무르는 일정 내내 긴장을 풀기 힘들었다. 그도 그럴 것이 선양에 간 목적이 다름 아닌 중국 봉천성 서반납배(西半拉背)에 묻혀 계신 대한민국 순국선열 승대언(承大彥), 승병균(承炳均) 선생의 유해를 무사히 고국으로 봉환하는 임무를 수행하는 것이었기 때문이었다.

평안북도 정주 출신인 승대언, 승병균 선생은 만주에서 교사로 일하며 항일투쟁을 전개하다 1920년 11월 3일 일본군에 학살당해 순국하셨다.

당시 팔순의 내가 이토록 막중한 유해 봉환 임무를 맡게 된 까닭은 국가보훈처에서 두 분의 후손을 찾지 못해 연일 승씨 종친회장을 맡고 있던 내게 부탁해 왔기 때문이다.

중국에서도 손꼽힐 정도로 발전을 거듭하고 있는 선양은 일제강점기 애국지사들이 목숨을 걸고 독립운동을 전개하던 곳, 만주라 불리던 곳이다. 1919년 2월 1일 안창호, 신채호, 김좌진, 조소앙 등 독립운동 지도자 39인이 우리나라의 독립을 선포한 곳도 선양이다. 독립열사들과 일본의 치열한 전투가 빈번히 일어난 곳인 만큼 많은 목숨이 희생되었고, 제대로 된 무덤 하나 갖지 못한 채 이국땅에 묻힌 순국선열은 일일이 수를 셀 수 없을 정도다.

이후 대한민국 정부가 나서서 독립운동가의 묘를 찾아 정비하고 유지해 왔지만, 그나마 기록이 남아 있어 순국선열로 인정받은 소수의 분만 해당됐고, 대다수 독립운동가는 지금도 이름 없는 무덤의 주인으로 중국 땅에 남아 있다.

선양 시가지에서도 한참을 더 달려 도착한 '반일열사7위묘소(反日烈士七位墓所)'는 소박하지만 깨끗하게 정비되어 있었다. 1993년 국가보훈처가 조성한 순국선열 묘역은 서간도 한족회의 자치지역인 봉천성 통화현(通化縣) 서반납배(西半拉背)의 자치지역 회원으로서 항일투쟁을 하다가 1920년 일본군의 습격으로 학살당하신 김기선, 조동호, 조용석, 승대언, 승병균, 최찬화, 김기준 등 7인의 순국선열을 모신 곳이다.

나를 비롯해 대한민국순국선열유족회 남기형 상임부회장과 국가보훈처의 이강욱 씨가 유해 봉환 과정을 함께했다. 선양의 묘역을 돌보고 있는 동포 정석숭 씨가 통역을 맡아주었고 중국 관리에게 내가 승대언, 승병균 선생의 자손임을 증명하고 나서 본격적인 파묘 작업이 시작됐다. 그런데 그 과정에서 그만 평생 잊지 못할 큰 충격을 받고 말았다.

세월이 흘러 관조차 모두 썩어 버린 흙 속에서 모습을 드러낸 머리 없는 유골을 보자마자 나는 눈을 감고 말았다. 일본군이 독립지사들을 학살한 후 머리를 베어 동네 개에게 던져 주었다는 이야기를 전해 들을 수 있었다. 그 이야기를 듣는 내내 심장의 떨림이 손끝까지 전해와 나도 모르게 두 주먹을 꼭 쥐었다. 일본군의 기습이 있었던 그 날, 얼마나 잔혹한 방식으로 학살이 진행됐던 걸까.

두 분의 유골을 수습한 후 화장을 하려고 떠나며 둘러 본 묘역은 쓸쓸하기 그지없었다. 일곱 분의 묘가 있었지만 우리보다 앞서 자손을 찾아 떠난 두 분의 자리가 비어 있고, 이제 승대언, 승병균 두 분의 유해를 봉환하고 나면, 자손을 찾지 못해 떠나지 못하는 세 분의 묘만 덩그러니 남아 있게 된다.

'그동안 찾아오는 이 없이 쓸쓸히 지내신 선열 중 안타깝게도 두 분만이라도 그렇게도 원하시던 따뜻한 남쪽 나라, 광복된 고국으로 모시고자 하오니 기뻐해 주십시오. 그리고 후손이 없어 봉환되지 못하는 세 분 동지들과도 작별인사를 나누십시오.'

발길이 쉽게 떨어지지 않아 이렇게 혼잣말하며 서성이는데 불현

듯 민족의 영웅 안중근 의사가 사형 직전 면회를 온 동생에게 남기신 유언이 생각났다.

"내가 죽거든 내 시체는 아직 조국으로 옮기지 말고, 조국이 자유 독립을 쟁취하면 그때 옮겨서 매장해다오."

조국의 광복을 바라며 이역만리에서 독립운동을 하신 많은 열사들은 죽어서라도 조국으로 돌아가는 꿈을 꾸었을 것이다. 73년 전 조국은 광복을 맞이했지만 안중근 의사를 비롯해 많은 분이 아직도 돌아오지 못하고 계시다. 비록 분단된 조국이지만 그분들의 희생으로 지금의 대한민국이 당당히 서 있음을 안다면 얼마나 큰 보람을 느낄 것인가. 또 얼마나 간절하게 고국의 땅으로 돌아오고 싶을 것인가. 후손으로서 죄송한 마음에 아무 말도 못 하고 그저 고개만 숙였다.

대한민국은
조국이다

대한 남아로서 할 일을 하고 미련 없이 떠나가오.

– 매헌 윤봉길

순국선열의 유해를 봉환하는 일정 내내 나는 혹여 실수가 있을까 무척이나 긴장하며 보냈다. 그러다 보니 유해 봉환에 필요한 작업을 모두 마친 후에야 비로소 우리 일행과 함께 다니며 일을 도와준 동포 정석숭 씨와 이런저런 이야기를 나눌 여유를 찾을 수 있었다.

그는 현지에서 지방교육청 서기장을 지낸 공산당 간부 출신이었는데, 한국에도 1년여 동안 체류한 적이 있고 큰아들이 한국에서 건축업을 하며 모은 돈으로 비교적 여유 있는 생활을 하고 있다고 했다.

 나는 그가 한국을 어떻게 생각하고 있는지 속마음이 궁금했다. 중국은 정치적으로 한국보다 북한과 가깝고, 게다가 공산당 간부 출신이니 아무래도 한국에 대한 부정적인 인상이 깊을 것이라고 생각했다. 그런데 "한국을 어떻게 생각하느냐"는 질문에 그는 갑자기 수첩을 꺼내 펼쳐 보였다. 수첩에는 일일이 번호까지 매긴 다섯 개 문장이 적혀 있었다.

 '①우리나라다 ②맑은 나라다 ③발달한 밝은 나라다 ④인정(人情)의 나라다 ⑤선조(先祖)의 나라다.'

 내가 수첩의 메모를 다 읽고 고개를 들자 그는 밝게 웃으며 말했다.

 "역시 대한민국은 우리 조국입니다."

 나는 더 이상 아무것도 묻지 않았다. 그 한 마디면 충분했다. 그가 거주하고 있는 선양 신시가지에서 반일열사7위묘소까지 교통도 불편하고 거리도 제법 멀어 자식들이 "묘역 관리를 이제 그만하시라"고 한다고 한다. 그럼에도 그만두지 못하는 이유는 마음속 조국에 대한 그리움과 자부심 때문이리라.

 일제강점기에 잔혹한 폭정을 피해 만주로 이주해 온 조선인과 광복 후 조국에 돌아오지 못한 독립운동가와 그 후손이 지금은 중국에서 조선족으로 살고 있지만, 그들에게 조국은 영원한 그리움의 대상이라는 사실이 가슴 한구석에 묵직한 감동으로 다가왔다.

중국을 떠나 인천공항에 도착한 순국선열의 유해는 국군의장대의 영접을 받으며 서울 서대문독립공원의 독립관 순국선열위패봉안소로 향했다. 장대비가 쏟아지는 궂은 날씨에도 불구하고 많은 조문객이 참배를 마쳤다. 순국선열 승대언, 승병균 선생의 봉환 임무를 수행한 4박 5일 동안 나는 독립운동의 역사가 얼마나 소중하고 자랑스러운 역사인가를 다시 한번 마음에 새겼다.

우리는 나라를 빼앗겼던 역사를 부끄러워하기보다 그토록 암울한 시대에도 목숨을 바쳐 투쟁한 선조의 정신을 자랑스러워해야 한다. 도대체 나라가 무엇인데 그 많은 사람이 생명을 기꺼이 바쳤는가. 이름 없는 영웅의 삶을 기리고 되새기는 것만으로도 답을 충분히 찾을 수 있을 것이다.

2016년 나는 한국독립유공자협회의 이름으로 현행 순국선열의 날을 독립선열의 날로 개칭하고 순국선열위패봉안관을 건립하자는 새로운 제안을 국가보훈처에 제시했다.

순국선열의 날을 독립선열의 날로 이름을 바꾸자고 제안한 이유는 순국선열의 범위를 새롭게 조정할 필요가 있기 때문이다. 현행법에서 순국선열은 광복 전 돌아가신 분을 뜻하고, 이후 돌아가신 독립유공자를 애국지사로 칭한다. 이는 광복 전 임시정부 시기에 처음 순국선열의 날을 논의했고 대한민국 정부 수립 후 순국선열의 날을 공식 제정·선포했기 때문이다.

이 기준에 따르다 보니 순국선열의 날 제정 당시 순국선열로 인정받지 못하신 단재 신채호 선생을 비롯해 독립 당시 생존해 계셨던 김구 선생, 조만식 선생 등도 애국지사로 분류돼 순국선열의 날 묵념 대상에서 제외되고 있다. 잃었던 나라를 되찾기 위해 헌신하신 모든 독립유공자에 대한 예의는 제대로 지켜야 하지 않겠는가.

또한 순국선열위패봉안관도 부지가 매우 부족한 서대문독립공원에 무리해서 건립하기보다 대한민국의 위상에 걸맞게 규모 있게 건립을 추진했으면 한다. 더불어 독립공원도 국립으로 전환해 지원을 확대해 줄 것을 정부에 요청한 상태다.

독립유공자와 국가유공자를 기리는 기념식도 기관장 및 국회의원 등 내빈 의전과 무대 위 공연 몇 개로 끝나는 형식에서 벗어나야 한다. 기념식은 국민들이 직접 참여해 통한의 역사를 회상하고 토론하며 미래를 위한 제안을 함께 이끌어 낼 수 있는 소통의 장이 되어야 한다.

순국선열을 기념하는 행사를 진행하고, 기념하는 장소를 조성하는 이유는 많은 국민이 순국선열의 정신을 잊지 않도록 하기 위함인데, 정작 국민이 쉽게 다가가고 참여할 기회는 많지 않다. 나라의 주권을 잃고 되찾기까지 치러야 했던 많은 희생이 갈수록 형식으로만 기억되고 있지는 않은지 모두가 심각하게 고민해야 할 때다.

다시는 나라를 되찾고자 자신의 하나뿐인 목숨을 던져야 하는 비극이 이 땅에서 일어나지 않아야 한다. 이를 위해 우리는 역사를 이해하고 배움을 얻어야 한다. 만약 또다시 대학 입시에서 한국사를 제외하자고 주장하거나, 건국절 운운하며 스스로 역사를 축소하는 어리석은 시도가 계속된다면 미래는 과거 못지않은 큰 희생을 요구할 것이다.

국내에, 또 이역만리 타국의 땅에 묻혀 있는 우리의 영웅들이 다시 조국과 후손을 걱정해야 할 일이 생기지 않도록 정신을 바짝 차려야 한다.

그들은 왜 역사를
훔치려 하는가

자신의 나라를 사랑하려거든 역사를 읽을 것이며,
다른 나라 사람에게 나라를 사랑하게 하려거든 역사를 읽게 할 것이다.

– 단재 신채호

"한국은 중국의 일부였다더라(Korea actually used to be a part
of China)."

2017년 4월 미국의 도널드 트럼프 대통령의 한 마디가 한국과
미국 그리고 중국을 꽤나 시끄럽게 만들었다. 미국과 중국의 정상
회담에서 트럼프 대통령이 시진핑 주석에게 '들은' 이야기를 미국
〈월스트리트저널〉과 인터뷰하다가 폭로(?)한 것인데, 그 황당한
거짓에 많은 한국인이 격분했고, 미국의 대통령이 공식 인터뷰에

서 직접 언급했다는 사실에 큰 충격을 받았다.

미국의 주요 언론 〈워싱턴포스트〉는 명백하게 틀린 트럼프 대통령의 발언을 조목조목 반박하는 기사와 함께 "역사는 자기중심적인 외국 지도자 대신 국무부의 한국 전문가에게 배우라"며 트럼프 대통령을 강도 높게 비판했다. 물론 백악관도 뒤늦게나마 "한국은 수천 년간 독립적이었다"며 진화에 나섰다.

그런데 여기서 내가 주목한 것은 트럼프 대통령이나 미국의 반응이 아니라 중국의 태도다. 중국은 이 논란과 관련해 "한국 국민이 걱정할 필요가 없다"는 입장을 내놨다. 세계 최고의 두 정상이 밀실에서 나눈 대화를 두고 서로 '했다', '안 했다' 확인해 줄 수 없는 건 이해할 수 있지만, "걱정할 필요가 없다"니, 도대체 무엇을 걱정할 필요가 없다는 걸까.

결국 한국은 미국과 중국 어디에서도 사과를 듣지 못했다. 과연 시진핑 주석이 속국 발언을 한 것인지, 아니면 트럼프 대통령이 오해한 것인지 진실은 저 너머로 사라져 버렸다. 그러나 이 속국 발언을 통해 명확하게 확인한 것이 있다. 바로 중국의 국수주의, 동북공정의 시나리오는 지금 이 순간도 계속되고 있다는 것이다.

나는 오래전부터 중국을 자주 방문했다. 1992년 우리나라와 중국이 수교한 바로 이듬해 여행을 떠났을 정도로 중국에 관심이 많은 편이고, 이후로도 자주 중국을 방문했다.

한국과 중국의 역사는 긴밀하게 얽혀 있다. 지정학적으로 가깝다 보니 정치적 영향과 문화 교류가 많았고, 무엇보다 중국의 최북동쪽에 위치한 동북3성(랴오닝성, 지린성, 헤이룽장성)은 고대부터 시작해 일제강점기까지 우리의 역사가 진행되어 온 땅이기도 하다. 자랑스러운 고구려와 발해의 역사 유산이 고스란히 남아 있는 곳, 오랜 세월 동안 우리 민족이 드나들며 삶을 일군 곳, 일제강점기 많은 독립열사가 나라의 광복을 찾고자 일본 관동군과 피를 흘리며 싸운 곳이 바로 이 땅이다.

이런 이유로 광복회 부회장, 한국독립유공자협회 회장 등 여러 사회단체 활동을 하는 동안 고대 우리의 역사와 항일유적지를 방문하는 일이 꽤 많았는데, 모두 중국 정부가 관리하다 보니 때로는 웃지 못할 해프닝이 벌어질 때도 있었다.

언젠가 광복회 회원과 함께 항일독립유적지를 탐방하려고 중국을 방문했을 때의 일이다. 청산리전투와 봉오동전투가 벌어진 격전의 현장과 옛 광복군 사령부가 있던 곳 등을 차례로 둘러본 후 지안(集安)으로 갔다. 지안은 고구려의 옛 수도 국내성이 있던 곳으로, 광개토대왕비를 비롯해 장군총 등 고구려 문화유산을 볼 수 있는 곳이다.

그런데 이곳의 유적지에서 중국 관리에게 제지를 당한 적이 있다. 분명히 대중에게 공개된 유적임에도 불구하고 입장을 못 하게 하는 이유가 뭘까. 중국인 관리 직원과 통역 안내를 맡은 사람이 계속 실랑이를 벌였는데 중국어를 알아들을 수 없어 그저 답답하기만 했다. 통역 안내원으로부터 전해 들은 이야기로는 우리 방문단에 특별한 문제가 있는 것도 아닌데 "예약을 하지 않았다"고 트집을 잡거나, "관광객이 너무 많아 유적지 보호에 문제가 있다"는 등 투덜거리며 괜히 미적거린다는 것이었다. 이런 일은 내가 발해 유적지를 방문했을 때도 반복됐다.

물론 지금이야 그런 일이 없겠지만, 당시만 해도 중국과 수교한 지 얼마 지나지 않아서 서툰 점도 있었고, 공산주의 국가 공무원 특유의 고압적인 태도가 문제이지 않았을까 싶다.

아무튼 우리 선조의 유적을 보는데, 중국인 관리의 눈치를 봐야 하는 상황이 억울했다. 멀리서 온 고구려의 후손이라며 다시 또 오기 쉽지 않으니 꼭 좀 보게 해달라고 읍소를 하고 나서야 겨우 선조가 남긴 역사 유적을 볼 수 있었다.

우뚝 서 있는 형상만으로도 충분히 압도적인 풍모를 자랑하는 광개토대왕비와 능, 고구려 벽화가 그대로 남아 있는 오회분(五盔墳), 광개토대왕의 아들 장수왕의 능인 장군총과 장수왕의 왕비의 능인 장군총1호배릉 등 고구려의 유적 앞에서 옛날 중국 동북부 지역을 호령하던 고구려인을 상상하는 동안 나는 무척 행복했다.

현재 이곳의 안내문에는 한글로 고구려 역사를 소개하는 내용이 적혀 있는데, 고구려를 중국의 소수민족이 세운 국가로 명시하고 있다. 이는 명백히 중국의 역사 침탈이다.

중국은 2000년대에 들어서며 동북공정(東北工程)이라는 프로젝트를 통해 고구려를 중국의 소수민족 지방정권으로 폄하해 중국사로 편입시키려는 노력을 진행해 오고 있다.

중국의 영토인 동북3성과 만주, 연해주와 한반도를 아우르는 넓은 영토를 지배한 고구려는 중국의 지배 질서에 편입되지 않고 동북아시아를 하나의 세력권으로 구축한 독립국가였으며, 정치·문화적으로도 중국에 뒤지지 않는 선진국가였다. 고구려 역사 내내 중원을 차지한 거대한 중국과 수차례 전쟁을 치르면서도 나라를 지켰다. 고구려와 벌인 전투 중에 한쪽 눈을 잃은 당 태종이 "더 이상 고구려를 공격하지 말라"는 유언을 남길 정도였다.

고구려를 지배한 민족이 우리 한민족이며 고구려는 중국의 속국이 아니라는 사실이 역사적으로 분명하건만, 중국이 동북공정으로 고구려와 고구려 유민이 세운 발해의 역사까지 모두 중국사에 편입시키려는 이유가 나중에 한국이 통일되면 발생할 수 있는 '간도 영유권 분쟁'을 염두에 두었기 때문이라는 게 정설이다.

56개의 다민족으로 구성된 중국은 '하나의 중국'을 표방하고 있지만, 내부적으로는 민감한 분리독립 문제를 안고 있다. 서쪽의 티베트와 신장 위구르 자치지역의 치열한 분리독립운동이 대표적이다. 그런데 중국이 티베트나 위구르 지역 다음으로 분리독립을 주장할 가능성이 있는 지역으로 주목하는 곳이 바로 동북 변경 지역, 즉 옛 고구려와 발해 땅이다.

중국 입장에서는 미래에 남북한이 통일하면, 역사적으로 가깝고 지리적으로 인접한 옛 고구려 땅, 특히 연변이라고 부르는 조선족 자치주에 해당하는 지역의 분리독립과 영유권을 주장할 수 있으니 이 문제를 사전에 차단할 필요가 있을 것이다. 때문에 이 지역이 역사적으로 중국의 땅이었으며, 따라서 조선족 역시 원래부터 중국인(소수민족)이라고 세뇌시키려는 것이다.

통일 한국 이후 벌어질 중국과 영토 분쟁이라니, 대부분의 국민에게 매우 낯선 주제다. 중국의 지린성 조선족자치주를 포함한 동북 지역은 굳이 고구려까지 올라가지 않아도 한민족이 정착해 대대로 삶의 터전으로 일구고 가꾼 곳으로 간도라고 불리던 땅이다. 간도는 실질적으로 한국에게 영유권이 있는 우리의 영토로서 일제강점기 때 청나라와 일본이 맺은 간도협약에 따라 중국으로 넘어갔다.

간도가 우리의 땅이라는 증거는 바로 1712년 조선과 청나라가 양국의 국경을 명시할 목적으로 세운 백두산정계비다. 조선과 청나라는 서쪽으로 압록강, 동쪽으로 토문강을 국경으로 명시했다. 이후 중국이 줄곧 토문강은 두만강이라고 주장하고 있지만 토문강은 중국 만주 내륙 쑹화강(松花江) 상류를 말한다.

이는 일제강점기 통감부 혹은 군부대가 작성한 것으로 보이는 '백두산정계비 부근 수계 답사도'가 2004년 공개되면서 사실로 밝혀졌다. 쑹화강은 중국 헤이룽장성과 지린성을 관통하는 강으로서 옛 발해의 영토이기도 하다.

그런데 일본이 중국에 간도를 넘긴 간도협약은 1942년 중국과 일본이 평화조약을 체결하며 무효가 됐다. 당시 두 나라는 "1941년 이전 체결한 모든 조약, 협약, 협정을 무효로 한다"고 합의했기 때문이다.

"한국이 간도의 소유권을 주장하지 않으면 중국도 고구려가 중국의 것이라고 주장하지 않겠다."

2015년 1월 중국의 우다웨이 외교부 부부장이 한국을 방문했을 때 한 말이다. 그들이 우리의 고대사를 훔치려는 이유가 영토 때문이라는 사실을 여실히 드러낸 발언이다.

현재 분단국가인 한국은 중국과 간도 영유권 문제를 다투기 어렵다. 그러나 통일 한국은 다르다. 중국이 남과 북의 통일을 어떤 마음으로 지켜보고 있으며, 무엇을 준비하고 있는지 알았으니 우리도 치밀한 준비와 대응을 할 필요가 있지 않겠는가.

10여 년 전, 국립중앙박물관에서 고구려 유적, 유물의 유네스코 세계문화유산 등재를 기념하는 특별전이 열린 적이 있다. 평소 고구려 역사에 관심이 많은 터라 한달음에 달려가 전시된 유적, 유물을 보며 무척이나 행복한 시간을 보냈다.

　돌아오는 길이 아쉬워 고구려 벽화 사진 몇 점과 그림이 그려진 문구류를 잔뜩 사 왔는데, 오랜 시간이 흐르며 색이 좀 바랬지만 여전히 내 사무실 한쪽 벽면을 장식하고 있다. 몇 번 이사를 하는 동안 "인테리어와 어울리지 않으니 그만 치우시라"는 주변의 권유를 마다하고 꿋꿋하게 간직해 온 나만의 보물들이다.

　벽화 속 고구려 여인의 옷차림은 지금의 감각에 비추어도 전혀 부족함이 없을 정도로 세련된 아름다움을 자랑한다. 갑옷을 입고 창을 든 채 말을 타고 질주하는 고구려군의 모습은 강하고 진취적인 고구려인의 특성을 잘 보여 준다. 고구려의 높은 문화 수준은 그림 한 장만으로도 알 수 있는데 21세기의 시선으로 봐도 놀랍기 그지없고, 후손으로서 자랑스러울 뿐이다.

　먹고살기 바쁜 요즘 사람에게 고구려 역사는 솔깃한 주제가 아니라는 것을 잘 알고 있다. 그러나 중국의 동북공정이 현재진행형 영토 분쟁이라는 사실을 알고 나면 분명 생각이 달라질 것이다. 왜 우리 역사를 알아야 하는가. 그리고 왜 역사를 지켜야 하는가. 바로 우리가 살아갈 터전과 보호해 줄 국가를 지키기 위함이다.

간도를 넘겨주지 않으려는 중국, 독도를 빼앗으려는 일본, 두 나라 모두 우리에게 전쟁을 선포했다. 우리는 지금 역사 전쟁 중이다. 당장 눈앞에서 피를 흘리지는 않겠지만 반드시 지켜야 할 미래가 달려 있으니 절대로 포기도, 패배도 있을 수 없다. 우리 역사를 알고 사랑하는 것, 이것이야말로 치열한 동북아 역사 전쟁에서 승리해 미래를 지키는 방법이다.

베트남과
라이따이한

화해는 과거의 정의롭지 못했던 유산을 고치기 위해 함께 노력하는 것을 의미한다.
- 넬슨 만델라(Nelson Mandela)

"아버님, 베트남에 학교를 세우려 합니다."

1992년 여름, 첫째 사위 이충범 변호사가 나를 찾아와 베트남에 라이따이한을 위한 기술학교를 세우려 하는데 어떻게 생각하느냐고 조언을 구했다. 사위는 사단법인 정해복지의 설립자로서 당시 이사장직을 맡고 있었다.

내 의견을 구하는 사위는 무척 긴장한 듯 보였다. 설립한 지 얼마 되지 않은 신생 복지재단의 첫 해외지원사업 예정지가 베트남이라니, 걱정되지 않을 리 없었다. 지금이야 베트남은 한국과 교류가 매우 활발한 국가이지만 그때만 해도 한국과 베트남은 수교도 하지 않았을 때다.

하지만 나는 두말없이 "참 좋은 생각이다"라며 사위를 격려했다. 물론 적지 않은 기부금을 내야 했지만 이런 기부라면 기쁜 마음으로 할 수 있다.

라이따이한(Lai Daihan)은 베트남에서 살고 있는 한국계 혼혈인을 뜻한다. 이들은 대부분 베트남전쟁에 참전한 한국인 남성과 베트남 여성 사이에서 태어난 사람들로서 불행한 전쟁이 남긴 안타까운 역사의 증인이기도 하다.

베트남과 한국은 매우 닮은 역사를 가졌다는 공통점도 있지만, 한때 서로 총구를 겨눈 역사도 갖고 있다. 베트남은 고대부터 지속적으로 중국의 침략을 받았고, 그 과정에서 중국의 문화가 베트남의 사회 전반에 큰 영향을 주었다. 하지만 베트남은 외세에 대한 투쟁을 한 번도 멈춘 적이 없다. 중국을 물리친 후에는 프랑스 식민지배를 겪었고, 2차 세계대전 중에는 독일의 침공을 받는 바람에 프랑스의 세력이 약해진 틈을 타서 1940년에 침략한 일본에게 이른바 보호국이란 명분으로 수탈을 당했다.

1945년 2차 세계대전이 끝나고 패전한 일본이 물러가자 그동안 독립운동을 이끌던 베트남 공산당의 호찌민이 베트남민주공화국을 설립했고, 베트남의 지배권을 놓지 않으려는 프랑스와 다시 인도차이나전쟁을 시작했다. 이 전쟁은 1954년 제네바협정으로 끝을 맺었고, 베트남의 북부는 호찌민의 민주공화국, 남부는 미국의 지원을 받는 베트남공화국으로 나뉘는 분단을 겪었다. 이후 1960년부터 1975년까지 남베트남과 북베트남은 다시 전쟁을 치렀다. 이것이 베트남전쟁이다.

미국의 요청으로 우리나라는 1964년에 참전해 1973년 미군이 철수할 때까지 32만여 명의 군인을 파병했다. 5,000여 명의 전사자와 1만1,000여 명의 부상자가 발생했고 고엽제 피해, 외상 후 스트레스 등 전쟁 후유증에 시달리는 파병 군인은 2만 명에 달한다고 한다. 이들의 고귀한 희생이 우리나라가 경제발전을 이루는 과정에서 마중물이 되었으니 국가는 마땅히 그들의 희생에 감사해야 한다.

그런데 우리가 미처 신경을 쓰지 못하고 있는 참혹한 전쟁의 유산이 베트남에도 남아 있다. 바로 라이따이한 문제다. 오랜 전쟁 중 베트남에 머물던 외국의 군인들이 베트남 여성과 사이에서 아이를 낳는 일이 있었다. 전쟁이 끝난 후 미국은 자국 군인과 베트남 여성 사이에서 태어난 아이들을 미국으로 데려가는 작업에 착수했지만 한국은 그러지 않았다.

전쟁 후 베트남의 공산주의 정권과 교류가 전혀 없는 동안 라이따이한은 베트남에서 갖은 차별과 멸시를 받는 존재가 되었다. 적국(敵國)의 아이라는 이유로 따돌림을 당하며 자랐고, 엄마 혼자 키우다 보니 경제적으로 궁핍해 교육을 제대로 받지 못하는 경우가 많았다. 좋은 일자리를 얻기도 어려워 베트남에서도 가난을 벗어나기 어려운 이들이 대부분이다.

라이따이한 문제는 베트남 정부가 1986년부터 개혁 정책을 도입하고 서구 국가와 관계를 정상화하면서 본격적으로 수면 위로 올라왔다. 그러나 국가 차원이 아닌 민간에서 도움을 주는 경우가 대부분이었고, 지금도 상황은 크게 변하지 않고 있다.

사위가 나를 찾아온 지 꼭 4년 만인 1996년 베트남 호찌민시에 '베·한 정해기술학교'가 설립됐다. 학교는 6,000여 평의 대지에 기숙사와 도서관, 구내식당과 스포츠 시설까지 갖췄고 기계공작, 자동차 정비, 컴퓨터, 한국어 과정 등을 개설했다.

학교 설립에 기여한 공(?)으로 나 역시 개교기념식에 초청을 받아 베트남을 방문했다. 좋은 일로 베트남을 방문했지만 솔직히 나는 당시 베트남 국민의 시선이 걱정됐다. 베트남과 치열한 전쟁을 치렀기 때문에 반한감정이 클 것으로 생각한 것이다.

하지만 내가 만난 베트남 사람들은 한국을 미워하지 않았다. 그들의 실용적이고 개방적인 정서가 큰 작용을 했겠지만 베트남과 교역을 시작하며 화해를 시도하는 한국 국민의 노력이 조금은 인정을 받은 듯했다.

우리의 일정 내내 안내를 맡아준 베트남인은 한국말을 아주 잘했다. 한류가 있던 시절도 아닌데 한국말을 어떻게 배웠나 궁금했는데, 알고 보니 북한의 김책공과대학에서 유학을 한 수재였다. 자존심 강한 베트남 청년과 1주일간 많은 대화를 나누며 나는 베트남의 역사와 베트남 사람을 새롭게 배웠고, 앞으로 한국과 베트남의 친교가 매우 중요하다는 사실을 깨달았다.

2차 세계대전 당시 점령한 일본에 의해 끔찍한 수탈을 당해 본 베트남인의 마음속에는 반일감정이 무척 크다고 했다. 1년에 3모작으로 쌀을 생산하는 베트남이지만 일본의 쌀 수탈이 극심해 거리에 굶어 죽는 사람이 있었을 정도였다고 한다. 베트남은 많은 침략을 겪으면서도 저항정신을 지킨 민족성이 우리와 비슷하고, 중국의 패권주의 정책 탓에 국경분쟁 등 외교적 어려움을 겪는 상황도 우리와 비슷하다. 게다가 최근에는 문화적으로 한류의 영향을 크게 받고 있어 한국을 정서적으로 친근하게 느끼고 있다고 한다.

미국, 중국, 러시아, 일본의 틈바구니에서 외교적 다변화를 시도해야 하는 우리에게 베트남은 소중한 파트너가 될 수 있다. 베트남뿐인가. 중국과 경쟁 관계로 국경을 맞대고 있는 인도 역시 외교 파트너가 되도록 적극적으로 노력해야 한다.

전쟁을 치른 나라들은 종전 후 반드시 청산해야 할 역사적 책임이 있다. 이는 한국과 일본, 한국과 중국의 관계에서만 통용되는 말이 아니다. 우리 역시 베트남전쟁에 참전한 역사가 있고, 책임져야 할 부분이 있다. 느리기만 한 정부에 우리가 오히려 책임을 요구해야 한다. 그리고 국민 스스로도 그 책임에 대해 생각했으면 한다.

나는 전쟁에 참전한 국가의 국민으로서 베트남의 역사를 알고 이해하는 것부터 그 책임이 출발한다고 생각한다. 베트남의 역사를 알고 베트남 국민을 존중할 때 양국의 파트너십은 보다 단단해질 것이다. 민간 교류와 공감은 쉽게 드러나지 않지만 강력한 '연결'의 힘으로 작용하기 때문이다.

사단법인 정해복지가 세운 학교는 어느덧 스물두 살이 되었고, 이름도 '투득기술대학교'로 바뀌었다. 22년 동안 학교는 설립 목적에 맞게 성장을 거듭해 왔다. 하루 8시간씩 주당 총 48시간의 빡빡한 일정으로 공부를 시키는 덕분에 많은 인재를 배출하고 있고, 베트남 정부로부터 훈장도 받았다. 베트남 사람의 사랑을 받고 있다는 증거다.

역사의 아픔을 치유하는 가장 좋은 방법은 진심이 담긴 행동이라는 것을 나는 라이따이한을 위한 베트남의 학교가 성장하는 과정을 통해 다시 한번 확인할 수 있었다.

2장

나라는
숙명이고
운명이다

나도 모르게
좌파 된 사연

나는 당신의 의견에는 반대한다.
그러나 그것을 주장하는 권리는 내 목숨을 걸고 지킬 것이다.
- 볼테르(Voltaire)

　우리 전통놀이에 고싸움이라는 것이 있다. 볏짚으로 '고'를 만들어 편을 갈라 벌이는 민속놀이로서, 양편이 고를 맞대고 밀어붙여 승부를 겨룬다. 풍년과 마을주민의 단합을 기원하는 고싸움을 할 때는 일단 편이 정해지고 나면 싸움에 임하기 전 각 팀에서 지휘관을 뽑고 작전회의를 하며 결속력을 다지는 데 총력을 기울인다.

　내가 어릴 적 즐겨하던 놀이 중에도 이와 비슷한 전투놀이가 있었다. 열 명 남짓한 아이들이 모여 내 편, 네 편을 갈라 우두머리를 정하고, 상대편 진지-골목 전봇대나 마을 어귀 큰 나무-를 먼저 빼앗으면 승리하는 놀이다. 이때 한번 편이 정해지면 웬만해서는 팀원을 바꾸지 않는데, 놀이를 하지 않을 때도 내 편이 누군가와 말다툼이라도 할라치면 설사 잘못이 있더라도 슬쩍 편을 들어주는 의리를 발휘하곤 했다.

편(便)이란 '여러 패로 나누었을 때 그 하나의 쪽'을 말하는데, 인간의 삶에서 편이라는 말은 상당한 의미가 있다. 관계의 깊이를 따져볼 때 '(그 사람이) 내 편을 들어준 적이 있는가'라는 질문은 판단의 중요한 기준이 된다.

학자들은 이러한 편가르기가 인간의 본능이라고 말한다. 원시시대에 누군가를 만나면 피아(彼我)를 가리는 일이 생존과 직결된 문제였기 때문에 비롯되었다는데, 원시시대가 훨씬 지난 지금도 우리는 열심히 편을 가른다. 단순한 취향과 관계된 문제에서도 내 편, 네 편을 가르는데 이득이 걸려 있다면 편가르기의 정도는 더 심해진다.

편가르기가 본능이라고 하지만, 한국 사회에서 유독 부정적인 현상으로 나타나는 경우가 많다는 게 내 생각이다. 바로 정치 분야가 그렇다.

편가르기 정치로 일관해 온 정치인들은 나라에 중요한 이슈가 터질 때마다 자신이 속한 정파의 이익에 따라 중요한 결정을 내린다. 국가를 위한 판단이 아닌 내 편의 기득권에 더 민감하다. 거기에 여론도 세(勢)에 휩쓸리는 일이 비일비재하다. 참으로 안타까운 일이다.

"승병일 회장이 독립유공자인 줄 알았는데, 알고 보니 좌파야!"

2016년 여름, 박근혜 정부와 여당(새누리당)이 건국절 제정을 관철하려 했을 때 나와 독립유공자 동지들은 이를 저지하는 투쟁에 나섰다. 사실 투쟁이라고 해 봐야 우리 독립유공자가 할 수 있는 일은 그리 많지 않다. 권력도, 세력도 없는 우리가 건국절 제정의 부당함을 호소할 수 있는 대상은 입법기관인 국회와 국민뿐이었다.

싸움을 해야 하니 우리 '편'이 많아야 했다. 한국독립유공자협회를 중심으로 많은 애국지사와 관련 단체들이 모여 건국절반대독립운동단체연합회를 결성하고, 국회를 찾아가 압력을 가하기로 했다.

그런데 막상 국회를 가니 압력은 고사하고, 건국절 제정을 결사반대하는 뜻을 전달하는 일조차 쉽지 않았다. 국민을 위한 입법기관인 국회라지만, 실제로는 유력 정치인의 얼굴 한 번 보기도 어려웠다.

건국절 제정을 밀어붙이는 새누리당(자유한국당과 바른정당) 의원들에게 면담을 신청했지만 그들은 만남을 피했다. 간담회 등 자리를 마련해 '건국절 제정에 대한 토론'을 제안해도 묵묵부답이었다. 우리의 역사와 나라의 미래, 후손의 앞날에 미칠 영향이 큰 건국절 논란을 일으킨 당사자들이 아예 눈과 귀를 막고 자기들 말만 옳다고 주장하는 상황이 무척 답답하기만 했다.

하지만 야당(더불어민주당)의 태도는 달랐다. 당시 야당 원내대표인 우상호 의원은 간담회 자리에 참여해 우리와 속 깊은 대화를 나눴고, "여당은 건국절 법제화는 꿈도 꾸지 말라"며 당 차원의 강경한 입장을 표명해 주었다.

때맞춰 여러 언론에서 취재를 온 기회를 틈타 나는 "건국절은 반민족주의자에게 면죄부를 주자는 반민족적·반역사적 폭거이며, 독립운동가를 잡아다가 고문으로 죽게 한 친일 경찰들에게 건국훈장을 주려는 것"이라고 그들의 의도를 명백하게 밝힐 수 있었다.

정부와 여당이 건국절 제정을 강행하는 행태를 보이면 보일수록 우리도 신문 등 미디어에 성명을 밝히는 등 뜻을 굽히지 않았다. 그리고 다양한 자리를 만들어 정치인을 초청했는데, 여당(새누리당) 정치인은 한 번도 우리에게 시간을 내주지 않았다.

물론 그들도 여론이라는 이름으로 미디어를 이용한 홍보를 했는데, 국민 대다수의 의견이 아닌 자기네 편, 즉 뉴라이트 쪽의 이야기를 전하는 것에 불과했다. 결국 건국절 제정 반대 투쟁 당시 의도하지는 않았지만 나는 야당 국회의원만 만날 수밖에 없었다.

이후 건국절 제정에 관한 입법이 무산되었고, 사회적 논란이 잦

아질 때쯤 내 귀에 느닷없이 '승병일 좌파'라는 소문이 들려왔다. 하도 뜬금없는 이야기라 처음엔 대수롭지 않게 흘려들었는데 얼마 후 고향 사람들과 어울리는 자리에서 다시 이야기가 불거져 나왔다.

"승 회장, 사람들이 승 회장이 알고 보니 좌파였다고 쑥덕거리네."

기분 좋게 술 한 잔 나누는 자리였지만, 이번에는 그냥 넘기지 말고 소문의 이유를 알아보자 싶어 연유를 캐물었다.

"도대체 왜 그런 말들을 한다는 건가?"

"요즘 승 회장이 야당 정치인들하고만 어울리잖아. 그 사람 누구지? 그 야당 정치인 우상호 의원하고 TV에도 자주 나오니까 사람들이 당신을 좌파라고 생각하는 거지."

지인이 들려주는 이유가 하도 기가 막혀서 웃음을 터뜨리고 말았다. 그 옛날 일제강점기 때 독립운동을 할 때부터 시작된 해묵은 좌우논쟁이 여전히 반복되고 있다는 사실이 우스웠다. 그리고 좌우 이념에 대한 제대로 된 철학적 논쟁도 없이 고질적인 편가르기 정치로 탄생한 좌파, 우파 논리가 평범한 시민의 사고에 이토록 큰 영향을 미치고 있다는 사실이 무척 씁쓸했다.

"무슨 소리인가. 나는 좌도 아니고 우도 아니야. 나에게 이념이 있다면 평생 오직 대한민국 하나야."

물론 나는 보수에 더 무게를 둔 사람으로서 종북을 강력하게 반대한다. 내 편, 네 편을 가르는 사고가 지배적으로 작동될 때 그 사회는 필연적으로 분열할 수밖에 없다. 새 정부 출범 후 고위공직자 청문회를 지켜보면서 우리 사회에 유행어가 된 말이 하나 떠올랐다. '내로남불.' 내가 하면 로맨스요, 남이 하면 불륜이라는 말이다. 청문회에서 여야 정치인들이 법과 제도 그리고 국가와 국민의 이익이라는 당연한 원칙과는 상관없이, 내 편과 네 편의 기준에서 서로 싸우느라 시간을 허비하는 모습을 생중계로 보고 얼마나 많은 국민이 한숨을 쉬었는가.

정권이 바뀔 때마다 같은 일도 내가 하면 뭘 해도 옳고 네가 하면 뭘 해도 나쁜 짓이라는 잣대로 싸우는 내 편, 네 편 논리를 언제까지 들어 줘야 하는가. 단언컨대 한국의 편가르기 정치는 우리 사회의 통합과 발전을 방해하는 가장 큰 요인이다.

정치인들이 사회를 편으로 나누는 이유는 정치를 조금 더 수월하게 할 수 있기 때문일 것이다. 내 편으로 구축된 프레임 안에서는 '옳다'는 지지를 쉽게 이끌어 낼 수 있고, 나를 반대하는 상대편을 보다 쉽게 '옳지 않다'고 배척할 수 있다. 이런 후진적이고 유아적인 정치가 존재하는 사회에서 국가와 국민을 위한 정책은 탄생할 수 없다.

민주주의 사회에서 갈등은 자연스러우며 건강한 현상이다. 갈등이 없고 오직 하나의 의견만 존재한다는 건 전체주의 국가에서나 가능할 것이다. 인간은 숱한 갈등을 동력으로 삼아 사회를 발전시켜왔다. 갈등이 무조건 나쁜 것만은 아니다. 단, 잘 관리돼야 한다.

국민의 목소리가 민주적 방식으로 의사결정에 반영될 수 있도록, 특정 집단의 이익을 대변하는 목소리가 세를 동원해 국가를 위한다는 명목을 앞세우지 않도록 정치·사회 시스템을 바꿔 나가야 한다.

나와 다른 의견에 이념의 표지석을 세워 편부터 가르고 보는 사회에서 희망의 비전은 만들어지지 않는다. 한 사회의 불행은 대부분 편을 갈라 반대편을 배제하고 배척하는 데서 비롯된다.

좌도 우도 아닌
오직 대한민국

국가가 비운에 빠진 원인은 민족끼리 단결하지 못한 것에 있다.
- 고당 조만식

학연도, 지연도, 이념도 상관없이 민족의 단결을 주장한 고당 조만식 선생은 아마도 훗날 우리 사회가 분열을 반복하는 어리석은 길을 가지 않을까 앞서 걱정하셨던 듯하다. 조만식 선생은 민주주의에 기초한 하나 된 국민국가 건설에 일생을 바치신 분이다.

내가 다닌 오산학교(1907년 독립운동가인 이승훈 선생이 애국계몽운동의 일환으로 평안북도 정주에 세운 사립학교) 교장으로도 역임하셨던 조만식 선생은 일본 유학시절 출신지역으로 나뉘어 화합

하지 못하는 조선 유학생을 하나로 통합한 '조선유학생친목회'를 창립했다.

그는 유학생들에게 "고향을 묻지 말자. 우리가 앞으로 고국에 돌아가면 피차 고향을 묻지 말고 일하자. 인화와 단결이야말로 국권을 회복하는 과정뿐 아니라, 나라가 독립했을 경우에도 마찬가지로 중요한 것이다"라고 말했다. 그의 말씀은 국민의 단결이 국가의 미래에 얼마나 중요한 것인지 강조하신 것으로, 지금 이 시대에 꼭 필요한 말씀이 아닌가 생각된다.

나는 정치를 잘 모른다. 나라와 역사에 대한 일이라면 그리고 우리 사회에 조금이라도 보탬이 되는 일이라면 두말없이 앞장설 준비가 되어 있지만, 평생을 살아오며 권력의 주변을 기웃거려 본 적이 없다.

이런 내가 유일하게 목소리를 내 공개적으로 뜻을 밝힌 적이 있으니 2016년 박근혜 정권 국정농단사건이 터져 나왔을 때다. 당시 많은 국민이 큰 충격을 받았고, 나 역시 허탈한 감정을 다스리며 힘든 시간을 보내야 했다.

주권을 잃은 나라에서 태어난 나는 중학생 때부터 독립운동에 뛰어들었고, 일제의 폭력으로 육신이 상하는데도 죽어도 독립운동을 할 것이요, 다시 태어나도 나라를 위해 살 것이라 다짐했었다.

참혹한 전쟁의 포화 속에서 민주주의를 지켜 냈다는 자부심으로 뜨겁게 대한민국을 사랑해 왔다.

국민의 한 사람으로서 그리고 독립유공자로서 나는 가만히 뒷짐만 지고 있을 수 없었다. 한국독립유공자협회 회원과 깊은 논의 끝에 생존독립유공자들과 함께 사회의 안정과 정치계의 각성을 촉구하는 내용을 담은 성명서를 발표했다.

「존경하는 애국시민과 위정자 여러분! 나라의 위기 때마다 대한민국을 지켜온 것은 애국선열과 애국민초들이었습니다. 우리 모두 냉정하고 준엄하게 현실을 살피고 이 위기를 슬기롭게 헤쳐 나갑시다. 그리고 이 시련을 거울삼아 대한민국의 미래를 새롭게 열어 나갑시다.」

하지만 이후로 수개월 동안 사회적 분열과 혼란은 계속되었다. 누구도 예상치 못한 사건으로 나라가 위기에 처한 마당에 법과 민주주의 원칙 외에 그 어떤 정치적 이념이 필요하고, 정파의 이득을 논할 수 있단 말인가. 참으로 답답한 일이다.

일제로부터 조국이 독립된 후 나는 나라가 남북으로 갈라지는 이념투쟁의 현장을 눈으로 보고, 몸으로 겪었다. 1945년, 혈맹단 사건으로 신의주 감옥에 투옥된 나는 8·15 광복과 함께 풀려났지만 모진 고문으로 얻은 후유증 탓에 건강이 무척 좋지 않았다. 감옥을 나온 후 고향 정주(定州)로 돌아와 상한 몸을 요양하며 시간을 보내고 있을 때 공산주의 정치단체인 인민위원회 사람들이 나를 찾아왔다.

당시 소련군의 점령하에 있던 북한은 공산주의 세력의 조직화가 빠르게 이뤄지고 있었는데, 인민위원회가 대표적 조직이었다. 인민위원회는 나에게 정주시 인민위원회의 결성을 맡기고자 했는데, 독립운동가로 일제의 고문까지 당한 내 이력을 높이 샀기 때문이었다.

하지만 나는 그들의 제안을 받아들이지 않았다. 북한의 사회주의 사상이 이상한 방향으로 흐르는 것 같다며 우려하던 아버지의 만류 때문이었는데, 결과적으로 아버지의 판단은 옳았다.

인민위원회는 무력 조직인 적위대를 만들고 세력을 확장해 나갔다. 그들의 정치 이념에 찬성할 수 없었던 나는 조만식 선생이 창당한 조선민주당에 합류했다. 조선민주당의 창당이념은 '38선 반대와 통일 정부의 수립'이었다. 조만식 선생은 분단이 되면 반드시 전쟁이 일어날 것이기에 분단을 용납할 수 없고, 좌우논쟁보다 중요한 것은 바로 나라라고 강조하셨다.

조선민주당 평안북도당이 출범할 때는 나와 함께 독립운동을 한 혈맹단원이 주도적 역할을 담당했다. 민주주의 정치를 지향하는 조선민주당의 일원으로 활동했지만 그렇다고 인민위원회를 무조건 적대시한 것은 아니었다. 양쪽의 사상은 다르지만 항일정신이 같았고, 생각하는 마음은 모두 다르지 않았기 때문이다.

그러나 세상은 우리의 바람과는 반대로 흘러갔다. 북한에 공산정권을 세우려는 소련의 힘을 등에 업은 인민위원회는 더욱 선명하게 공산주의 색깔을 드러냈고, 반자본, 반지식인 이념을 부추기기 시작했다. 특히 적위대를 앞세워 조선민주당을 탄압하려는 의도의 무력시위도 마다하지 않았는데, 조선민주당 평안북도당의 선두에 서서 맞섰던 나는 적위대의 표적이 되고 말았다. 나에게 죄를 씌워 체포하려는 그들의 움직임이 노골적으로 드러나자 아버지는 내게 고향을 떠날 것을 강권했다.

1945년 8월 15일 꿈에 그리던 광복을 맞이하고 고향에서 행복한 삶을 꿈꾼 지 불과 4개월 만인 그해 12월 15일, 나는 남한으로 향했다.

자유와 민주주의를 찾아서 내려온 남한의 상황은 어땠을까. 이곳도 우익과 좌익의 싸움은 치열했다. 나는 우익단체인 평안청년회에 가입해 활동했는데, 솔직히 고백하자면 정치적인 이상을 실현하려는 선택은 아니었다. 그곳에서 나처럼 북한에서 피란 온 청년의 숙식을 돕는 게 나의 주요 임무였다.

남한사회의 이념 대립은 남한 단독으로 대한민국 정부를 수립한

1948년 이후로도 지속됐다. 내가 대학을 졸업하고 안동농림학교 교사로 일할 때는 사상이 다른 교사와 부딪히는 일도 빈번했고, 빨치산의 습격이 있었을 때는 하숙집 할머니의 도움으로 목숨을 겨우 구하기도 했다. 좌우의 극렬한 충돌로 여수순천사건이 발생했을 정도로 남한사회의 이념투쟁은 국민들의 삶을 불안과 불행의 구렁텅이로 몰고 갔다.

그리고 마침내 한국전쟁이라는 민족상잔의 비극을 낳았다. 3년간의 치열한 전쟁은 회복하기 어려운 상처로 남았고, 단순히 이념 차이로 설명할 수 없는 불신과 적대적 감정이 지금도 남한과 북한의 사이를 가르고 있다.

치열했던 이념 싸움과 동족상잔의 한국전쟁 속에서도 민주주의를 수호하는 데 주저하지 않았던 나에게 그 어떤 이념보다 앞서는 가치는 바로 대한민국이다. 나는 국익 앞에서 무조건 좌의 주장을 반대하지도, 또 무조건 우의 주장에 찬성하지도 않는다.

세계는 무척 빠르게 변화하는 중이다. 선진국은 일찌감치 새로운 미래를 향해 달려가고 있다. 하지만 한국은 어떠한가. 정치인과 기성 세대는 아직도 양분된 정치 이념, 학연, 지연 등 편가르기에서 벗어나지 못하고 있다.

내가 존경하는 위대한 시인 바이런은 "한 나라를 세우는 데는 일천 년도 부족하지만 그것을 무너뜨리는 데는 단 한 시간으로도 족하다"는 유명한 말을 남겼다.

오천 년을 이어 온 대한민국의 미래는 밝음일까 어둠일까. 분명한 것은 낡은 정치와 사회 인식으로는 변화하는 시대를 감당할 수 없다는 진실이다. 분열을 반복하는 정치·사회적 프레임은 우리의 미래를 어둡게 만들 뿐이다.

발전과 퇴보의 갈림길에서 애국선열들의 말씀을 다시 떠올린다. 민족과 나라의 생존을 위해 통합과 단결을 강조하던 그들의 외침이 어느 때보다 더 깊은 울림이 되어 마음을 채운다.

지금, 널리 인간을 이롭게 하라

홍익인간이라는 단군의 통치 이념은
지구상에 존재하는 가장 강력한 법률이며, 가장 완벽한 법률이다.
– 콘스탄틴 비르질 게오르규(Constantin Virgil Gheorghiu)

한 나라가 존립하려면 어떤 조건이 갖춰져야 할까. 국민, 영토, 주권의 3요소가 국가의 형태를 성립한다면, 국가가 오랫동안 존속하는 데 필요한 것은 '정신'이 아닐까 싶다. 국가란 살아 있는 생물과 같다. 사람이 사람답게 살아가는 데 필요한 것이 물과 공기뿐만이 아닌 것과 마찬가지로 한 나라가 나라답게 생명을 영위하는 데 중심이 되는 것이 바로 사상이다.

대한민국을 이끄는 정신이 무엇인가. 민주주의는 대한민국 운영의 근간이 되는 원칙이지만 미래의 대한민국을 위한다면 더 큰 틀에서 방향을 제시하는 사상이 필요하다. 그런 사상은 어디에서 찾을 수 있을까. 새삼스럽게 종교와 철학을 다시 공부할 필요는 없다. 우리 민족에게는 이미 홍익인간(弘益人間)이라는 위대한 사상이 있기 때문이다.

2016년 국정농단사건에 항의하는 사람들로 연일 북적이던 광화문광장에 나타난 한 외국인이 화제가 된 적이 있다. 미국인 팀 버드송(Tim Birdsong, 전 한양대 교수) 씨다. 그는 광화문 집회 현장에서 홀로 쓰레기를 줍는 캠페인을 펼쳤는데, 그가 들고 있는 팻말에는 'Make Korea 1 Again, 홍익인간 Korea 만세'라는 구호가 적혀 있었다. 무척 특이한 상황인지라 호기심이 발동한 나는 찬찬히 그에 관한 기사를 읽어 내려갔다.

그는 2001년 내한 후 한양대 영어 교수로 재직하던 중 학교 홈페이지에서 개천절에 대한 이야기를 읽고 한국의 건국정신을 알게 되었다고 한다. 홍익인간 정신이 인류에게 미래의 지침이 될 사상이라고 확신한 이후 홍익인간 전도사를 자청했고, 환갑이 넘은 나이지만 홍익인간을 주제로 박사논문을 준비 중이라고 했다.

평소 외부 강연 요청이 있을 때마다 나 역시 우리가 지향해야 할 가치는 세계평화이고, 그 평화의 정신은 바로 건국이념인 홍익인간

정신에 담겨 있다고 주장해 왔는데, 비록 기사를 통해 알게 된 사연이지만 내 이야기에 대한 화답을 들은 듯해 무척 기분이 좋았다.

단군신화에 등장하는 '널리 인간세상을 이롭게 한다'는 뜻의 홍익인간 정신은 조화와 평화 사상이다. 단군신화는 다른 나라의 신화와 달리 세계 창조나 내세에 대한 이야기가 없다. 오로지 현재의 인간세상이 중심이다.

하늘의 신(환웅)도 인간세계로 내려와 살기 원하고, 신의 관심은 온통 어떻게 하면 인간세상을 이롭게 하고 도리로 교화할 것인가에 맞춰져 있다. 다른 나라의 신화에 단골로 등장하는 신과 신의 대립, 인간과 인간의 갈등도 없다. 하늘(환웅)과 땅(웅녀)은 결합하며, 심지어 곰과 호랑이도 같은 굴에서 살면서 대립하지 않는다. 조화로운 세상, 모두를 이롭게 하는 평화, 통합의 가치를 말하고 있다.

이렇듯 뛰어난 홍익인간 사상을 세상에 내놓은 민족이 바로 우리이건만 어찌 된 일인지 한국인의 머리와 가슴에서 홍익인간의 정신이 살아 숨 쉬고 있는 것 같지 않다.

이웃 나라 일본과 중국은 역사를 왜곡하거나 없는 역사를 만들어 내면서까지 자신의 역사를 포장하고 역사·문화적 영토를 확장하려 하는데, 우리는 왜 이토록 훌륭한 사상을 바탕으로 탄생한 역사와 문화를 갖고 있으면서도 스스로 폄하하고 위축되어 있는가.

정말 답답한 일이다.

　나에겐 여덟 명의 손자 손녀가 있다. 어느새 직장인이 돼 바쁘게 생활하는 아이도 있고, 제빵사를 꿈꾸며 새로 공부를 시작한 아이도 있고, 아직 학교를 다니며 미래를 설계하는 아이도 있다. 모두 대한민국의 평범한 청년들로서 꿈을 위해 고군분투하는 중이다.

　이 여덟 명의 손주 중에 한국사 연구를 진로로 택한 지수라는 손녀가 있다. 그런데 지수는 한국이 아닌 미국에서 한국사를 공부한다. 미국이 한국보다 한국사 연구에서 더 앞서 있기 때문이 아니라, 스스로 교수에게 전공을 제안하고 연구하는 방식으로 공부하고 있다.

　브라운대학교 정치학과 3학년 때 손녀 지수가 교수에게 제안한 분야는 북한과 공산주의 국가(History of North Korea & the Politics of Regime Survival)에 대한 것으로 당시 교수는 지수의 제안을 받아들여 1대1로 수업을 진행했다. 지수가 학부 졸업논문으로 쓴 '공산주의 국가의 이데올로기와 헤게모니-적응력 있게 발전해 온 국가들'은 2016년 브라운대학교 최우수 졸업논문으로 선정됐다.

　손녀가 미국 컬럼비아대학교 대학원에 진학하며 역사학을 공부하겠다고 했을 때 제 부모는 아마 고민이 컸을 것이다. 모든 부모의 마음은 대부분 비슷하다. 자식이 안정적으로 일하고, 돈도 많이 버는 직업을 갖길 바란다. 지수 엄마인 막내딸 지민이의 생각도 크게 다르지 않았다. '역사를 공부해서 좋은 직업을 가질 수 있을까?' 꽤 걱정하던 마음을 잘 알고 있다.

하지만 나는 내심 기뻤다. 자손 중에 우리의 역사 연구를 업(業)으로 삼겠다는 아이가 나왔으니 겉으로 표현은 안 했지만 대견할 수밖에 없었다.

딸들로부터 가끔 '국수주의자'라고 놀림(?)을 받을 정도로 나는 우리 역사에 대한 자부심이 유별난 편이다. 아마도 현대사의 굴곡을 그대로 담은 인생을 살아온 때문일 것이다.

지수가 대학에서 역사학을 전공한 데는 사실 내 영향이 크다. 제 부모가 유학 중에 태어난 지수는 외국 문화가 더 익숙한 환경에서 자랐다. 서울에서 중학교를 다닐 때도 국제학교에 다녔는데, 한번은 내게 정식으로 인터뷰를 요청한 적이 있다. 할아버지가 독립운동가이고, 한국전쟁 중 통역장교로 복무했다는 사실을 안 교사들이 한국전쟁에 대한 과제를 내 준 것이다.

인터뷰는 영어로 진행했는데 지수는 노트에 미리 몇 가지 질문을 준비해 왔다. 아이의 질문에 나는 꽤 긴장한 채로 성실하게 답변했다. 그런데 인터뷰를 시작한 지 얼마 지나지 않아 이상한 생각이 들었다. 질문 대부분이 '한국전쟁 중 유엔군의 역할'에 대한 것이었기 때문이었다.

나는 인터뷰를 잠시 멈추고 왜 그런 질문을 하는지 물었다. 그러자 지수는 '선생님이 과제를 내 주면서 정해 준 질문'이라고 답했다.

'역시 그랬구나.'

외국인의 시각에서 한국전쟁을 볼 때는 '유엔군의 도움'이 더 중요한 주제였을 것이다. 그러나 나는 손녀에게 다른 이야기를 해 주고 싶었다. 한국전쟁에서 유엔군의 도움이 컸던 건 사실이지만, 나라를 지키고자, 민주주의를 지키고자 목숨을 바친 한국인의 애국심과 헌신을 알았으면 했다.

"할아버지를 비롯한 우리 국민이 나라를 지켰어."

준비해 온 질문에 꼭 맞는 답을 해 주지 못했음에도 불구하고 지수는 눈을 반짝이며 연신 고개를 끄덕였고, 할아버지와 나눈 장시간의 전쟁 이야기를 열심히 적어 내려갔다.

그날 이후 딸 지민이는 북한에 대한 지수의 관심이 부쩍 높아졌다는 소식을 전해 왔다. "할아버지가 북한에서 안 내려왔으면 엄마도 북한에서 살았겠네? 그럼 나는 어떻게 되었을까"라며 자신의 정체성에 대한 고민을 깊이 한다는 얘기였다.

결국 지수는 역사 연구를 자신의 길로 선택했고, 브라운대학교를 졸업한 후 현재 미국 컬럼비아대학교와 영국 런던정경대학교 양쪽에서 한국사와 세계사 석사 과정을 공부 중이다. 쉽지 않은 길을 가는 손녀를 보며 나는 아무도 모르게 새로운 희망을 하나 품었다.

세계의 석학이 모인 곳에서 한국 역사를 알리고, 어쩌면 지수 덕분에 세계사의 중심으로서 한국의 역사를 재평가하는 날이 조금 더 빨리 와 주지는 않을까. 꼭 내 손녀가 아니어도 좋다. 보다 많은 한국의 청년이 중국과 일본의 역사 침탈에 맞서 한국의 역사를 세계의 역사 중심에 놓는 길에 동참해 준다면 얼마나 좋을까.

한국의 역사가 변방에서 벗어나 홍익인간 정신과 함께 세상으로 나아갈 때, 한국은 미래의 세계를 리드하는 국가로서 그 역량을 충분히 발휘할 것이다.

세계에는 일찌감치 홍익인간 사상의 가치를 알아보고 열렬하게 찬사를 보내는 석학이 많다. 독일의 실존주의 철학자 하이데거는 "세계 역사상 가장 완전무결한 평화정치를 2000년간 펼친 단군 시대가 있었음을 안다. 그래서 나는 동양사상의 종주국인 한국을 좋아한다"고 말했고, 세계적인 역사학자 아놀드 토인비는 "21세기 세계가 하나 되어 돌아가는 날이 온다면 나는 그 중심은 동북아일 것으로 믿으며, 그 핵심은 한국의 홍익인간 사상이 되어야 한다고 확신한다"며 격찬을 아끼지 않았다.

아직도 세계에서 한국의 역사와 문화 역량이 과소평가 되고 있지만 한국은 머지않은 미래에 세계의 중심에 서게 될 저력을 갖춘 나라라는 사실을 나는 누구보다 우리 청년 세대들이 확신해주길 바란다. 그러한 자부심이야말로 청년들이 앞으로 세상을 살아가는 데 가장 필요한 에너지이자 버팀목이 될 것이기 때문이다.

숨이
차다

조국이 어려울 때 슬픔도 노여움도 없이 살아가는 자는 진정 조국을 사랑하고 있지 않다.
- 니콜라이 알렉세예비치 네크라소프(Nikolai Alekseevich Nekrasov)

2017년 봄 나는 2년 동안 역임한 한국독립유공자협회 회장직을
사임했다. 회장에 취임하며 협회 내부를 혁신하고 대외적 위상을
재정비하겠다는 회원과의 약속을 어느 정도 이뤄 냈다는 판단에서
내린 결단이었다.

이런 나의 결정을 가장 반긴 이들은 다름 아닌 가족이었다. 나이
를 생각해 모든 일을 놓고 이제 좀 편히 지내길 바라는 마음이 컸던
까닭이다. 하지만 나는 이미 새로운 계획이 있었고, 가족의 바람은

또다시 뒤로 밀려났다.

내가 새로 추진하고자 하는 일은 바로 '연일 승씨 18인 독립유공자 기념사업회' 창립이다.

우리나라의 연일 승씨(延日承氏)는 매우 드문 희성(稀姓)에 속한다. 2000년 국가 통계자료에 의하면 약 2,500여 명 정도에 불과하다. 북한에 거주하는 사람을 모두 합친다 해도 그 수가 얼마 되지 않을 것이다. 그런데 현재 국가에 등록된 순국선열과 애국지사 중 연일 승씨 문중의 사람이 무려 18명에 이른다.

이 놀라운 사실이 세간에 알려지자 독립유공자 유관단체는 물론, 국가보훈처에서도 승씨가 조국 광복에 지대한 공적이 있다며 새로 평가 작업을 시작했다. 당연히 우리 승씨 문중에서도 이를 기념할 필요성이 제기됐고, 내가 앞장서 일을 맡았다. 우선 당면한 목표는 '연일 승씨 18인 독립유공자 기념사업회'를 사단법인으로 설립하고, 향후 기념비를 건립하는 것이다.

기념사업을 한다고 하면 '자랑하려는 것이냐'고 생각할 수도 있으나, 내가 이 일을 맡은 이유는 단지 문중 자랑을 하려고 했거나 승씨 후손만을 생각한 것이 아니다.

목숨을 바쳐 지켜야 하는 국가란 무엇이며, 그렇게 지켜 낸 국가가 얼마나 소중한지 한 집안의 특별한 역사를 통해 깨닫는 기회를 만들고자 함이다. 기념관은 어린 후손이 편하게 들러서 독립운동

이야기를 듣고 나라를 생각하는 마음을 새길 수 있는 공간으로 만들 생각이다.

위대한 독립선열들의 뜻을 잇는 사업인 만큼, 솔직히 부담도 만만치 않다. 내 생에 이 일을 모두 해낼 수 있을까 걱정이 앞서다가도 기념사업으로 아이들을 독립운동의 역사로 좀 더 가깝게 이끌 수 있다는 생각을 하면 심장이 두근거릴 정도로 신이 난다.

그래서 아흔세 살의 나는 편안히 앉아 쉬고 있을 수 없다. 대한민국의 독립유공자로서 내가 마지막까지 해야 할 일이 있다면 바로 독립운동의 숭고한 역사를 후손들에게 전하는 것이다. 목숨이 다할 때까지 내가 해야 할 일을 잊지 않는 것, 그것이 나의 운명이다.

"병일아, 물 한 그릇 떠 오너라."

내가 소학교 2~3학년 즈음으로 기억된다. 승준현 백부님은 마을의 소문난 이야기 선생님이셨다. 당시 시골에는 책을 읽을 줄 아는 사람이 많지 않았는데, 백부님은 높은 학식을 갖추고 계셨고, 작은 도서관을 방불케 할 만큼 많은 책을 갖고 계셨다.

백부님은 겨울 저녁 해가 일찍 저물면 마을의 어른들을 모아 놓고 재미있는 책을 읽어 주셨는데, 그때마다 나는 백부님에게 불려가 물심부름을 해야 했다. 큰 소리로 책을 읽으시다 목이 마르다고 말씀하시면 쏜살같이 부엌으로 달려가 항아리에서 물 한 대접을 떠다 드리는 게 내 임무였다.

그런데 제 발로 찾아와 이야기를 듣는 동네 사람과 달리 나에게
는 한 번의 결석도 허용되지 않았다. 물론 백부님 이야기를 듣는 재
미는 쏠쏠했지만, 겨울밤 물심부름은 가끔 귀찮을 때도 있었다.

한 번은 말씀 도중 물을 떠오라 하시는데, 자리를 비운 사이 재미
있는 대목이 지나갈까 봐 애가 탄 나는 급한 마음에 미처 확인도 하
지 않고 쌀뜨물을 담아 놓은 항아리에서 물을 떠다 드린 적이 있다.

"야! 이 물은 왜 이리 시큼하냐?"

쌀뜨물을 드신 백부님의 놀란 표정 때문에 사랑방에서는 웃음보
가 터졌는데, 나만 심장이 '쿵' 내려앉아 가슴을 쓸어내렸던 기억이
아직도 생생하다.

그런데 백부님의 사랑방이 마을에서 그토록 인기가 높았던 이유
는 단지 재미있는 이야기 때문만은 아니었다. 백부님은《장화홍련
전》,《춘향전》등 고전과 여러 위인전을 고루 읽어 주셨는데, 가끔
백부님만이 알고 있는 비밀스러운 이야기를 들려주시곤 했다. 바
로 우리 독립군의 항일운동에 관한 이야기였다.

대한민국 애국지사로서 승씨 18인 독립유공자 중 한 분인 승준
현 백부님은 대한독립군부대 검독(檢督)직을 수행하시며 김좌진
장군과 함께 청산리전투에 참전한 분이다. 일본군에 적발돼 모진
고초를 겪으신 백부님이 이야기 사랑방을 여신 까닭은 무엇일까.

그때는 몰랐지만 세월이 흐른 후 나는 백부님이 일본 경찰의 눈을 피해 항일운동을 하셨음을 깨달았다. 그리고 나를 불러 문간에 앉혀 두신 이유도 물심부름을 시키려고 그런 것이 아니라 독립운동 교육을 시키려 함이었다는 걸 알게 되었다.

일본의 폭압적 식민 통치가 더 살벌해진 1930년대, 시골의 작은 마을에서조차 독립운동이라거나, 광복군, 임시정부 이야기는 금기였다. 만약 이와 관련된 이야기를 입에 올렸다가는 바로 일본 경찰의 모진 조사를 받아야 했다. 하물며 마을 사람들에게 독립운동에 대한 이야기를 한다는 것은 사실상 목숨을 내놓은 행동이나 다름없었다.

독립운동 이력이 있는 백부님은 일본 경찰의 주요 감시대상이었다. 조금이라도 마을을 벗어난 곳으로 일을 보러 가실 때면 백부님은 경찰서에 들러 행선지와 목적, 출발 시간과 도착 시간, 교통수단 등을 빠짐없이 보고해야 했다. 일본 경찰은 백부님이 보고한 대로 움직이는지 뒤를 밟았고, 행선지가 담당 행정구역을 벗어나는 경우 그곳 경찰에게 연락해 감시하도록 했다. 말 그대로 창살 없는 감옥살이를 하신 거다.

하루 24시간, 1년 365일을 일본 경찰의 감시 속에서 사는 삶은 얼마나 고단하셨을까.

언젠가 일본 경찰에게 동선을 보고하러 집을 나서는 백부님과 마주친 적이 있다. 두루마기를 차려입고 중절모를 쓰신 백부님은 잠시 깊게 숨을 들이마신 후 내 얼굴을 바라보시며 한마디 하셨다.

"숨이 차다."

긴 설명이 필요 없는 그 한 마디는 철없던 시절 나의 가슴에 아프게 박혔다. 백부님은 행선지가 어디건 간에 중간에 경찰서에 들러서 보고해야 했다. 때로는 행선지 방향과 정반대 방향임에도 불구하고 경찰서에 들러야 했으니 먼 길을 걷다 보면 숨이 차오를 수밖에 없었다.

숨을 쉬는 모든 순간을 일본 경찰의 감시와 제재를 받아야 하는 삶이란 백부님에게 정신적 학대요, 고문이었다. 목이 조이는 듯 고통스러운 시간을 백부님은 마을 사람들에게 독립운동 이야기를 전하며 버티셨다. 나라 잃은 국민이 일제의 폭정 아래서 희망을 잃지 않도록 하는 것, 그분의 귀한 뜻을 생각하면 나는 지금도 목구멍으로 차오르는 울분을 참느라 애를 먹는다.

그 시절 백부님에게 옛날이야기로 전해 듣던 생생한 청산리전투 스토리는 나에게 단순한 영웅 이야기로만 남지 않았다.

가을 냉기가 가득한 간도의 청산리에서 독립군들은 제대로 된 군복도, 무기도 없이 일본군과 싸웠다. 전력이 약한 독립군은 게릴라전을 선택했다. 좁은 숲속 길로 일본군 대대 병력을 유인하려고 독립군 300명이 차가운 땅에 누워 마른 가랑잎을 덮고 잠복했는데, 적의 군대가 함정에 빠질 때까지 누구도 숨소리 하나 내지 않았다고 한다.

그 이야기가 끝날 때쯤, 나는 독립군 300명의 심장이 얼마나 뜨겁고 간절하게 독립을 원했는지 절절하게 느꼈다. 그리고 그 경험은 소학교를 졸업하고 오산학교에 입학한 후 혈맹단을 조직해 독립운동에 참여하는 용기와 행동으로 발현됐다.

백부님은 단 한 번도 내게 독립운동을 해야 한다고 말씀을 하신 적이 없다. 백부님뿐 아니다. 집안 대대로 독립운동을 하신 분들, 나의 할아버지 승치홍, 작은할아버지 승치현 그리고 나의 아버지 승민현에 이르기까지 모두 행동으로 독립의 중요성을 가르쳐 주셨을 뿐이다.

광복 73년의 세월이 흐른 지금 그 시절을 되돌아보면 나에게 독립운동은 피할 수 없는 운명이었다는 생각이 든다. 주권을 잃은 조국에서, 그것도 연일 승씨 문중에서 태어나 독립운동을 하시는 어른들로부터 보고, 듣고, 느끼며 자란 것은 분명 나의 선택은 아니다. 하지만 그 운명이 나에게 주어졌다는 사실에 감사한다. 조국을 사랑하는 일은 얼마나 행복한 경험인가. 특별한 고통의 시간을 대가로 지불해야 했지만 그 사랑을 배우고, 또 행동할 수 있었으니 나는 정말 운이 좋은 사람이다.

혈맹단,
운명의 열차에 올라

나는 밥을 먹어도 대한의 독립을 위해, 잠을 자도 대한의 독립을 위해 해왔다.
이것은 내 목숨이 없어질 때까지 변함이 없을 것이다. (…) 자기 몸과 집을 자신이
다스리지 않으면, 대신 다스려줄 사람이 없듯이 자기 국가와 민족을 자신이 구하지 않으면
구해줄 사람이 없다는 것을 아는 것이 바로 책임감이요 주인 관념이다.
진정한 애국심은 그 말보다 실천에 있음을 알아야 한다.
- 도산 안창호

비유컨대 나는 죽을병을 가지고 태어난 사람이다. 망국이라는
병, 조국의 독립을 되찾기 전까지는 결코 나을 수 없는 병 말이다.
나는 일본의 식민지 조선의 백성이었다. 나라가 없는 백성에게는
미래도 없었다. 살아 있는 것은 굴종의 연속이었다. 조국의 독립만
이 내가 꿈꾸던 미래였다.

고작 청소년의 시기로 접어들었을 때, 나는 두 번이고 세 번이고
연거푸 나에게 목숨이 주어진다면 한 생도 아끼지 않고 모두 나라

에 바칠 것을 맹세했다.

"오산학교에도 좋은 선생님이 많이 있는데 뭐 하러 멀리 서울까지 가느냐? 오산학교로 오거라."

소학교를 졸업하고 서울 유학을 고민하고 있을 때, 고모님께서 일부러 우리 집을 찾아오셨다. 남강 이승훈 선생의 가문으로 출가하신 고모님은 자녀 교육에 관심이 많았고 모두 훌륭히 키워 내셨는데, 풀무농원을 설립한 농민운동가 이찬갑 선생이 그 자제분이요, 우리나라 역사학계의 거두 이기백 교수와 국어학자 이기문 교수가 손자들이다.

당시 집안에 재력이 있고 공부를 잘하는 학생은 서울의 중학교로 진학하는 게 일반적이었지만 고모님의 강력한 추천 덕분에 나는 오산학교로 진학했다.

독립운동가이신 남강 이승훈 선생이 세운 오산학교는 서울에 있는 학교 못지않은 명문 학교였다. 고당 조만식 선생이 교장으로 재임하셨고, 시인 김억, 단재 신채호, 문학계 거장 염상섭, 사회운동가 함석헌 등이 오산학교의 교사로 재직했다.

때문에 오산학교는 앞선 신학문 교육뿐 아니라 민족정신이 살아 있는 학풍으로 이름이 높았다. 게다가 규율은 얼마나 엄격한지 처음 입학할 때는 한 반 학생이 50~60명이지만, 졸업을 할 즈음이면 낙제와 휴학 등으로 그 절반 정도만 남을 정도였다.

오산학교는 인생에서 가장 중요한 시절을 보낸 곳이다. 친구들과 장난치는 걸 좋아하던 어린 소년이 본격적으로 세상에 눈을 떴고, 조국 독립을 삶의 목표로 정했다.

일본이 2차 세계대전에서 고전을 거듭하던 1942년 무렵, 식민정치의 폭력성은 더욱 심각해졌고 오산학교도 폭정을 피해갈 수 없었다. 교복 대신 군복을 입었고, 공부 대신 군사훈련을 받아야 했다. 청년들의 징병과 강제징용, 소녀들의 위안부 차출이 빈번했고, 일본에 아부하는 친일매국노들이 날뛰는 사회 분위기 속에서, 오산학교의 주기용 교장 선생님이 강제로 해임되고 일본인 교장이 부임하는 사건이 일어났다. 내게는 일본의 강압 속에서도 민족정기를 이어 온 오산학교의 자부심이 무너지는 것 같은 충격이었다.

고작 열여섯 살에 불과한 나이였지만 나는 일제가 시키는 대로 하는 모범생(?)이 되고 싶지 않았다.

우리는 공부보다는 밤낮없이 농사에 동원돼 중노동을 해야 했고 어른도 힘들어하는 군사훈련과 행군을 해야 했다. 농사에 동원된 이유는 일제의 쌀 수탈이 더 심화됐기 때문이고, 군사훈련과 행군을 해야 하는 이유는 일본이 원할 때 언제라도 군대로 끌고 가려는 수작이었다. 속이 훤히 보이는 일본의 계획에 분노가 치밀었다. 게다가 당시는 일본의 전세가 기울고 있다는 소문이 암암리에 퍼져 있었다. 그렇다면 내가 해야 할 일은 당연히 일본의 패망을 앞당기는 일이어야 하지 않겠는가.

내 머릿속은 온통 '중경의 임시정부로 가야 한다'는 생각으로 가득했다. 이것이 겨우 중학생 신분에 불과하던 내가 항일운동단체 '혈맹단'을 만든 까닭이다. 나는 오산학교 재학 시절인 16세 때 친구들과 함께 서로가 피로 맹세한다는 뜻으로 혈맹단을 조직했다.

단장 선우진, 부단장 겸 서기 승병일, 군사부장 조응택, 훈련부장 지세풍, 재무부장 고창정, 무기부장 윤영언, 훈련부 차장 은동호 등 일곱 명이 혈맹단을 창립한 동지들이다. 가까운 친구는 물론, 집안 어른께도 비밀로 하고 결성한 혈맹단의 단원들은 조선이 독립을 이룰 때까지 항일독립운동 선열의 뜻을 이어받아 투쟁하기로 맹세했다.

매일 이른 아침 단원들은 함께 산을 오르며 체력단련을 했고, 단도를 구해 투검 연습에 몰두했다. 금지 도서들인 《운현궁의 봄》, 《금강산 기행》, 《상록수》 등을 어렵게 구해 읽고, 애국애족 정신과 독립을 맞았을 때 우리가 해야 할 일 등을 토론했다.

여름방학이면 각자 고향으로 흩어져 '일본이 곧 패망할 것'이라는 선전전을 펼쳤다. 그리고 나와 선우진은 특별한 여행을 떠났다. 선우진은 중경으로 가는 노선을 개척하려고 만주로 향했고, 나는 혈맹단원의 피신처를 마련하고자 신경(현 중국 장춘)에 머물던 형님 댁을 방문했다.

그곳에서 마침 형수님의 조카를 만나 혈맹단원으로 포섭하고, 그와 함께 하얼빈에 가서 만주와 소련의 국경을 탐문했다. 여름방학이 끝나기 전 우리는 본격적인 투쟁 준비를 마쳤다.

그리고 시작된 새 학기, 나는 첫 항일운동으로 일본인 교장 배척운동을 시작했다. 3학년 수신(修身) 과목을 맡고 있던 교장의 수업을 거부하는 것이 목표였다. 교장이 판서하려고 돌아설 때에 맞춰 내가 책상 밑 목검을 걷어차면 그것을 신호로 급우들이 일제히 나를 따라 목검을 걷어찼다. '두두두두두', 그 소리가 얼마나 컸는지 교장은 깜짝 놀라 뒤를 돌아보며 불같이 화를 냈다.

하지만 우리는 시치미를 뚝 떼고 가만히 앉아 있었다. 교장이 다시 칠판을 향해 서면 내가 신호를 보내고 아이들이 따라 하기를 반복했다. 몇 번 주의를 주던 교장은 이런 식으로 수업 거부가 계속되자 결국 얼굴을 붉히며 나가 버렸고, 우리는 서로 부둥켜안고 껑충껑충 뛰며 기뻐했다.

"일본인 교장을 내쫓았다!"

일제의 서슬이 시퍼렇던 시절의 학교에서 그것도 일본인 교장을 배척하는 집단행동을 했다는 것만으로도 어린 우리는 큰 성취감을 느꼈다.

학기가 지속되면서 혈맹단원들은 각자 새로운 단원을 포섭해 나갔는데, 포섭된 당사자의 신원은 비밀에 부쳤다. 혹여 발각되더라도 서로를 보호하려는 약속이었는데, 혈맹단의 중심에 있던 나조차도 단원 모두의 신원을 알지 못했다.

4학년이 되고, 나는 교사가 되기로 했다. 보다 현실적으로 항일투쟁을 할 방법으로 교직을 택한 것이다. 그러나 졸업을 앞두고 교련합격증을 받지 못하게 되었다. 태도가 불량하다는 이유 때문이었다. 일제에 대한 반항심으로 근로 봉사와 교련 활동에 불참한 일이 원인이 되었다. 결국 대학 진학이 어려워진 나는 대신 신의주 교원양성소에 지원했고, 1945년 2월 평안북도 고안초등학교 교사로 정식 발령을 받았다.

혈맹단원들은 오산학교 졸업과 동시에 서로 다른 진로를 걷게 되었지만 사회 각 분야에서 상호 긴밀히 연락을 취하며 항일운동을 계속하기로 약속했다. 늘 꿈꿔 온 중경 임시정부로 갈 상황이 되지 않아 실망도 했지만, 우선 각자의 자리에서 할 수 있는 항일투쟁을 하기로 맹세했다. 피로써 항일을 맹세하던 열여섯 살의 그 마음 그대로 우린 여전히 뜨거웠고, 헤어짐을 아쉬워했다.

불과 몇 주일 후 일본 경찰의 표적이 돼 체포될 줄 꿈에도 몰랐던 우리는 성인으로서 더 많은 일을 해낼 수 있다는 생각으로 기뻤고, 조국 독립에 기여할 기회를 상상하며 설렜다. 잠시 우리는 그렇게 행복한 꿈을 꿨다.

참담한 폭력,
나라 잃은 국민의 설움

국가 없이도 살 수 있는 자는 인간 이상의 존재거나 인간 이하의 존재다.
- 아리스토텔레스(Aristoteles)

제국주의 체제가 세상을 지배하던 시대에 지구촌에는 많은 식민지가 생겨났다. 우리처럼 36년 만에 주권을 되찾은 경우도 있고, 1세기라는 세월을 타 국가의 지배 아래서 보낸 나라도 있다. 아프리카 북부의 지중해 연안 국가 알제리는 프랑스에 무려 132년 동안 식민 통치를 받았는데, 1954년에 들어서야 치열한 독립전쟁을 시작했고 1962년 독립을 맞았다.

2017년 전 세계에 큰 충격을 안기며 등장한 프랑스의 최연소 대통령 에마뉘엘 마크롱은 대선주자 시절, "알제리 식민 통치에 대해 프랑스가 사죄해야 한다"고 주장해 자국의 라이벌 정파로부터 비난을 받은 적이 있다. 그의 정적들은 조국을 비난했다며 흥분했지만, 자국의 이득을 위해 한 나라를 침략해 1세기가 넘도록 자원을 수탈하고, 알제리의 독립운동가들을 참혹할 정도로 고문한 역사를 반성해야 한다고 역설한 젊은 정치인은 2017년 프랑스의 대통령이 되었다.

세계 강국 프랑스의 반성 이야기가 국제 뉴스를 장식할 때 나는 이심전심 알제리 사람들에게 마음이 움직였다. 주권을 되찾고자 벌인 치열한 독립전쟁 과정에서 그들이 당한 폭력은 얼마나 참담했을까. 때맞춰 접한 뉴스는 경악 그 자체였다.

1947년부터 1961년까지 알제리의 사형집행인이었던 한 사람의 개인 수집품이 공개됐는데, '인간의 폭력적 상상력은 과연 어디까지일까'라는 생각을 들게 하는 끔찍한 고문도구들이 즐비했다. 그 사형집행인은 프랑스령 알제리의 마지막 사형집행인이었고, 알제리에 머무는 14년 동안 200명 이상을 처형했다고 한다.

알제리에서 프랑스 체제를 유지하려고 사용한 특별한 고문도구들은 나의 옛 기억들을 다시 생생하게 불러냈다. 나라를 되찾겠다는 꿈을 꾸고, 목숨을 바치겠다는 결심을 했다는 이유로 나 역시 일제의 컴컴한 감옥에서 고문을 받으며 고통의 시간을 견뎌야 했다.

평안북도 정주군 고안면 고안초등학교에서 나는 새로운 항일운동을 계획했다. 일본어로 일본에 대해 배우는 아이들에게 우리의 민족정신을 가르칠 방법을 찾고, 이제 본격적으로 혈맹단 활동도 전개해야 하니 새로운 준비도 시작해야 했다.

하지만 머릿속 계획을 실천할 기회는 오지 않았다. 출근한 지 닷새 정도 지났을 무렵 늦은 저녁, 일본 형사들이 집으로 나를 찾아왔다.

"승병일 상, 얘기 좀 합시다."

그들은 다짜고짜 내 방으로 들어와 책상과 책장을 샅샅이 뒤지기 시작했고, 몇 권의 책과 사진을 챙기더니 나를 경찰서로 데려갔다.

히로이도 경부, 나를 데려간 일본 경찰의 이름이다. 그는 옆 순사에게 아주 거친 목소리로 "이 녀석이 승병일이야"라며 나를 인계했고, 일본인 순사는 내 팔을 붙잡고 지하로 끌고 가 감옥 안으로 밀어 넣었다. 그러자 옆방에서 다급한 목소리가 들려왔다.

"병일아, 너도 왔니? 나도 왔어."

감옥에는 고창정, 조응택 등 혈맹단 동지들이 잡혀 와 있었다. 다음 날 우리는 용암포경찰서로 압송되었고, 그곳에서 이미 수감된 선우진, 지세풍, 은동호 동지들을 만났다. 그제야 혈맹단 활동이 발각돼 잡혀 왔다는 것을 알게 되었다.

도대체 어찌 된 일인가. 어찌 발각이 된 것인가. 문득 혈맹단을 조직하고 얼마 지나지 않았을 때의 일이 떠올랐다.

당시 일본 경찰이 학생 비밀조직을 찾는다는 명목으로 오산학교 교사 10명과 학생 100여 명을 조사한 적이 있었다. 느닷없는 일본 경찰의 조사에 우리 모두 무척 긴장했지만 그들은 아무것도 찾아 내지 못했고, 오히려 일본 경찰은 "또 없는 사건을 조작했다"는 비 난을 받았다.

나중에 안 사실은 혈맹단 단원 중 경찰국 고등계 형사의 아들이 있었는데, 겁 많은 아들이 아버지에게 혈맹단의 존재를 알렸다는 것이다. 그 형사는 제보자를 자기 아들로 지목하면 아들이 독립운 동 단체에 가입한 일이 발각될 수 있으니 오산학교를 발칵 뒤집어 혈맹단을 찾으려 한 것이었다. 그러나 혈맹단은 점조직으로 구성됐 기 때문에 일본 경찰도 단순 조사로는 핵심 인물을 찾을 수 없었다.

그렇게 고등계 형사 아들의 자수에도 발각되지 않은 우리가 3년 도 더 지난 후에 발각된 것이 좀처럼 이해가 되지 않았다. 어떤 이 유로 혈맹단이 발각되었단 말인가. 조사를 받는 과정에서 차츰 궁 금증이 풀렸다.

발단은 졸업 후 교사가 된 혈맹단의 은동호가 일본인 교장을 때 린 사건에서 비롯됐다. 조선인 교사가 일본인 교장을 때린다는 건 당시로는 엄청난 일인데, 은동호는 애국주의자가 많은 오산학교 출신이라는 이유로 더 큰 의심을 받았고 암호가 적힌 수첩이 발견돼 결국 고문을 받게 되었다. 심한 고문을 받은 끝에 은동호는 자신이 알고 있는 혈맹단 동지의 이름을 말하고 말았다.

"불순한 악질분자."

취조를 받는 내내 조선인 고등계 형사는 나를 그렇게 불렀다. 그는 시종일관 같은 얘기와 질문을 반복했다. "너희 집은 원래 불순한 집안이다", "네가 포섭한 단원의 이름을 대라", "숨겨둔 무기를 내놔라", "만주에 간 이유가 뭔가" 등 많은 질문을 했지만 그중에서도 가장 집요하게 캐물은 것은 바로 "누구에게 지령을 받아 혈맹단을 조직했는가"였다. 그들은 어린 학생이 스스로 비밀 결사단을 조직했다는 사실을 믿으려 하지 않았다.

매일 취조를 이어 가던 경찰은 원하는 답을 듣지 못하자 고문을 시작했다. 의자에 묶인 채 맞다가 정신을 잃으면 물을 끼얹어 다시 깨웠다. 그렇게 며칠이 지나자 이번에는 거꾸로 매달아 코에 물을 붓기 시작했다. 차라리 기절이라도 해 버리면 좋겠지만 그것조차 마음대로 되지 않았다.

하지만 나는 그들이 원하는 답을 해 줄 수 없다는 데 무척 감사했다. 정말로 누군가의 지령을 받아 혈맹단을 조직했다면 그 모진 고문을 이겨내지 못했을 것이기 때문이다. 정신이 혼미한 상태로 쓰러진 내게 고문 경찰관이 한 말은 지금도 잊히지 않는다.

"도대체 어떻게 조선이 독립할 수 있다고 생각한단 말이냐?"

조선 이름이 고봉이었던 다가미네 경부가 나를 비웃으며 내뱉은 한마디는 오히려 내게 버티는 힘이 됐다. 조국은 반드시 독립할 것이라며 이를 악물었고, 그 오기 덕분에 모진 시간을 버텨 낼 수 있었다.

계절은 봄이었지만 감옥 안은 몹시도 추웠다. 2개월에 걸친 고문을 견디던 나는 그만 장티푸스에 걸리고 말았다. 당시만 해도 장티푸스에 걸리면 죽는 게 다반사였다. 고열로 정신이 오락가락하는 사이 잠시 제정신이 들면 감옥 창문으로 보이는 하늘을 보며 '이대로 죽는구나'라는 생각을 했다.

그런데 놀랍게도 1개월 후 병이 나았고, 함께 장티푸스를 앓던 동지들도 모두 목숨을 건졌다. 감옥 안에서 제대로 된 치료도 받지 못했는데 장티푸스를 이겨 내다니, 아마도 젊은 청년들이 나라를 위해 일하니 하늘이 도우신 것 같다.

혈맹단 사건을 해결(?)한 공적으로 일본 경찰은 대단히 고무되었다. 우리를 고문한 용암포경찰서는 표창을 받았고, 담당 경찰과 형사들은 기세가 등등했다. 용암포경찰서에 수감돼 모진 시간을 보낸 2개월 후 우린 미결수 신분으로 신의주형무소에 수감됐고, 3개월 후 감옥 안에서 8·15 광복을 맞이했다.

얼마나 고대하던 광복인가. 축축한 감옥 안에서 광복을 맞았을 때 나는 꿈인 듯 생시인 듯 잠시 정신을 차릴 수 없었다. 20대 초반 혈기왕성한 나이였지만 몸은 뼈가 앙상할 정도로 말랐고, 오랫동안 햇빛을 보지 못해 피부는 백반증 환자처럼 창백한데다, 지독한 열병을 앓은 후유증으로 눈은 시뻘겋고 부숭부숭한 털이 얼굴을 뒤덮어, 마치 원숭이와 같은 몰골로 우린 감옥에서 나왔다.

만세를 부르는 인파로 가득한 거리에서 동지들은 부둥켜안고 뜨거운 눈물을 흘렸다. 따뜻하게 환영해 주는 거리의 사람들에게 감사했고, 다시 한번 동족애를 확인했다.

그러나 나라를 잃은 국민으로서 겪은 지난 설움은 쉽게 잊을 수 없었다. 아니 잊고 싶지 않았다. 전쟁과 침략은 필연적으로 인권유린을 동반한다. 그리고 피해국의 국민이 겪는 고통은 이루 말할 수 없다.

나는 고문 경험을 내 개인적인 것으로 이해하지 않는다. 고문은 인간이 인간에 대한 최소한의 존중도 저버린 아주 비열한 형태의 인권침해다. 고문 과정에서 집안의 독립운동가를 모두 불손한 악질이라 비방하고, 나의 조국은 독립을 할 능력이 없다는 식으로 모욕했다. 그렇게 받은 정신의 고통은 육체의 고통을 뛰어넘는 것이었다.

나라를 잃었기 때문에, 또는 든든하게 지켜줄 힘이 없는 나라의 국민이기 때문에 인간으로서 최소한의 존중도 받지 못하는 불행은 지금 이 순간에도 지구촌 곳곳에 퍼져 있다.

잠시 조국의 주권을 잃은 시절, 참담한 폭력 앞에서 나는 인권을 존중받으며 살 수 있는 최소한의 조건을 생각했다. 나라란 추상적인 존재가 아니라 매우 현실적인 존재로서 존중받는 삶을 살려면 꼭 필요한 조건임을 거듭 확인했다. 그토록 소중한 것이 바로 나라다.

전쟁의 민낯,
영화 속 감상 따윈 없다

인류가 전쟁을 끝내지 않으면 전쟁이 인류를 끝낼 것이다.

- 존 F. 케네디(John F. Kennedy)

　　2017년 여름은 유독 뜨거웠다. 연일 폭염이 계속되는 탓도 있었지만 그보다 더 뜨거운 북핵 이슈로 전 세계의 눈이 한반도를 주시하고 있었기 때문이다. 단지 이목만 집중된 상황인가. 세계 2강 미국과 중국이 충돌 양상을 보이고 있고, 러시아와 일본의 움직임도 심상치 않다. 북한의 핵 기술이 일정 수준에 도달한 가운데 ICBM(대륙간탄도미사일)의 개발도 성공한 것으로 인정받았다. 북한의 미국을 겨냥한 위협에 드디어 '전쟁'이라는 단어가 상시적으로 언급되고 있다.

남한과 북한 그리고 이해 당사국 모두 전쟁을 원하지 않는다고 강조하지만, 전쟁을 배수진으로 한 치킨게임을 지켜보는 국민의 속마음은 시커멓게 타고 있다.

1950년 6월 25일 우리는 이미 전쟁을 치렀다. 북한의 남침으로 벌어진 한국전쟁 역시 북한과 남한 둘만의 전쟁이 아니었다. 전쟁이 촉발된 배경에는 냉전 시대 미국과 소련의 적대적 대치와 강대국 간 얽힌 이해관계가 존재했고, 결국 전쟁 마무리 과정에서도 당사국인 우리보다 강대국의 입장이 우선됐다. 전쟁 탓에 한반도, 아니 우리 민초들의 삶은 완전히 파괴됐다.

고대 그리스의 위대한 철학자 아리스토텔레스는 "평화롭게 살기 위해 전쟁을 치른다"는 말을 남겼지만, 나는 동의하지 않는다. 과거의 전쟁과는 확실하게 다르게 진행될 현대전에서, 특히 한반도의 전쟁은 민족의 공멸 외에 어떤 결과도 남지 않을 것이기 때문이다. 예측되는 전쟁의 폐해가 이토록 분명한데, 지금 누가 함부로 전쟁을 말하는가.

68년 전, 내가 안동농림학교 영어교사로 재직 중일 때 한국전쟁이 발발했다. 주경야독으로 혜화전문학교(현 동국대학교)를 졸업하고 정식 교사로 부임한 지 겨우 1년 만에 삶은 또다시 시대의 격

랑 속으로 휘말려 들어갔다.

북한의 남침 소식을 듣고 다음 날 부랴부랴 짐을 싸서 피란길에 올랐다. 정신없이 쫓겨 내려간 부산에서 나는 자원입대를 결심했다. 조국의 운명이 풍전등화에 처했는데 도망을 가면 도대체 어디로 갈 수 있단 말인가.

망설임은 필요 없었다. 나는 한국전쟁에 파병된 유엔군과 한국군 간의 통역을 담당할 육군연락장교단에 지원했다. 필기시험을 치르고 무려 10대1의 경쟁을 거쳐 후보생이 되었다. 그리고 진행된 2주간의 짧은 군사훈련을 마친 후 대한민국 육군 중위가 되었다.

낙동강 창녕 박진나루터에 진지를 구축한 미군 제2보병사단 9연대 2대대 E보병중대 중대본부에 배치된 첫날 미군 중대장 크라도 중위의 환대를 받았다. 통역장교를 무척이나 기다린 눈치였다. 그런데 부대에 도착하자마자 내 주의를 끈 건 낯선 전우가 아닌 생전 처음 맡아 보는 악취였다.

'이게 무슨 냄새지? 뭐가 이렇게 지독해?'

주변을 둘러보던 나는 질문할 필요도 없이 곧 악취의 출처를 알았다. 창녕 박진나루터는 내가 도착하기 수일 전 낙동강을 도하한 인민군 제4보병사단과 전투가 벌어진 곳이다. 인근 야산 능선에서 아군과 인민군, 미군이 치열한 백병전을 치른 탓에 시체들이 첩첩이 쌓여 있었는데 삼복더위에 부패가 시작됐다. 급한 대로 땅에 묻기라도 해야 하는데, 매일 치열한 교전이 진행 중이라 손을 쓰지 못하고 썩어 가는 시체를 그대로 방치해 둔 상태였다.

전쟁이 발발하고 2개월도 안 되었을 무렵 우리에게는 대구와 부산밖에 남아 있지 않았다. 아군은 인민군에 맞서 낙동강에 최후의 방어선을 구축하고 치열한 전투를 치렀다. 낙동강전투는 남과 북 양쪽 모두에게 전쟁의 승패를 좌우할 중요한 결전장이었다. 그중 창녕박진전투는 부산과 대구, 영천의 보급로를 사수하는 가장 절박한 전투였다.

당시 낙동강 방어선에는 미군 제2보병사단 외에도 제25보병사단, 해병사단이 투입되어 있었고, 나와 같은 연락장교가 미군에 파견돼 국군과 협동작전을 지원했다.

부대에 배치된 직후부터 숨 돌릴 틈이 없었다. 매일 저녁 어둠이 시작되면 인민군은 피란민을 동원해 만든 수중교를 통해 낙동강을 건너 아군 진지로 진격해 왔다. 참호 속 우리 E중대 CP(지휘소)는 중대장과 나 그리고 통신병 세 사람이 지켰는데 비가 오는 날이면 시체 썩은 물이 빗물과 함께 참호 속으로 흘러들어 와 젖가슴 위까지 차올랐다. 하지만 참호 밖으로 물을 퍼낼 수도, 고개를 밖으로 내밀 수도 없었다. 참호 바로 10미터~20미터 밖에서 인민군이 뛰어다니고 있었기 때문이다. 그러다가 인민군과 아군이 부딪히면 뒤엉켜 싸웠는데, 함부로 총을 쏠 수도 없었다. 작은 참호 속에 몸을 숨기고 있는 지휘부와 우리 위치가 발각될 위험 때문이었다.

다음 날 해가 뜨면 전날 방치된 시체 위로 새로운 시체가 쌓여 있는 걸 확인하는 게 하루의 시작이었다. 고막을 찢을 듯 날카로운 총소리와 번쩍이는 섬광, 비명과 비릿한 피 냄새 속에서 살아남은 우리는 시체가 비교적 덜 쌓여 있는 곳에 쭈그리고 앉아 밥을 먹었다. 보이지 않는 동료에 대한 슬픔도, 쌓여 있는 시체를 보는 비참함도 그 순간에는 느끼지 못했다. 진흙을 뒤집어쓴 시커먼 얼굴로 앉아서 살아남은 전우의 얼굴을 보며 그저 하루 더 연장된 목숨에 감사했다.

그리고 4, 5일이 지났을 무렵, 참을 수 없이 역겨웠던 시체 썩는 냄새도 더 이상 맡을 수 없게 되었다. 마비된 것은 후각뿐이 아니었다. 전투에 투입된 지 일주일이 채 지나기도 전 나는 이미 이 모든 상황을 무감각하게 받아들이고 있었다. 얼마나 무서운 일인가. 그건 바로 지옥이었다.

전쟁터의 하루하루를 가장 잘 표현할 수 있는 말은 바로 '공포'다. 캄캄한 밤이 되면 피가 튀는 백병전을 치렀고, 어둠이 사라지기 전까지는 어디서 날아올지 모르는 총탄을 피해야 했다. 크라도 중위와 나는 해가 지기 전 진지 순찰을 돌곤 했는데, 어느 날인가 건너편 인민군 진지에서 쏜 총알이 바로 내 어깨 위를 스친 적이 있다.

'피융.'

바람을 가르는 소리와 함께 나는 그만 자리에 털썩 주저앉았고, 그 바람에 철모가 벗겨져 굴러 내려갔다. 옆에 있던 미군 사병이 얼른 철모를 주워다 줬을 때 40, 50명의 사병이 나를 주시하고 있다는 사실을 깨달았다. 대한민국의 육군 장교로서 무척 부끄러웠다.

마음속으로 '겁먹지 말자'고 외치며 겨우 일어나 몇 걸음 걷는데 또 다른 총알이 내 다리 사이를 스쳐 지나갔다. 이번에도 나는 힘없이 자리에 주저앉았다. 짧은 보폭 사이로 스친 총알에 군복 바지가 칼에 베인 듯 찢어져 있었다. 극심한 공포가 밀려왔다. 하얗게 변한 낯빛에 멍한 눈빛으로 사정없이 몸을 떨고 있는 나를 사병들이 부축해 진지로 데려다주었다.

그 후로 며칠 동안 겉으로는 평정심을 찾은 듯 행동했지만 솔직히 제정신이 아니었다. 총알이 단 5밀리미터만 빗나갔어도 나는 생명을 잃었을 것이다. 인민군 저격수의 실수였는지, 몹시도 좋은 운을 타고 났는지 알 수는 없지만 생명을 그렇게 허무하게 놓을 수 있는 곳이 바로 전쟁터라는 것만은 확실했다.

낙동강 창녕박진전투의 아비규환은 계속됐다. 밤낮없이 전투가 이어지다 보니 생명이 오가는 일촉즉발의 상황에서도 참호 속 병사들이 꾸벅꾸벅 조는 일이 잦아졌고, 이 틈에 인민군에게 살해당하는 일이 반복됐다. 병사들 사이에서는 '졸면 죽는다'는 말이 돌았다. 당시 보고를 하던 병사는 "깜깜한 밤에 인민군 병사의 파란 눈알 두 개가 번득이며 참호 위로 계속 올라온다"고 했다.

아군의 사격으로 인민군이 굴러떨어지면 이어서 계속 또 다른 적군이 올라오는 상황은 공포 그 자체였으리라. 그럼에도 불구하고 지옥 같은 참호 속에서 잠과의 사투를 벌이는 병사들을 생각해 보라. 슬프고도 슬픈 일이 아닐 수 없다.

창녕박진전투를 포함해 낙동강변의 전투는 인천상륙작전의 성공으로 인민군이 패퇴하기 시작하는 9월까지 매일 극으로 치달았다. 인민군 최정예 부대인 4사단, 9사단이 이곳에 집중했고, 미군 측에서는 내가 속한 2사단 9연대를 비롯해 미군 24사단 19연대, 미 해병사단이 투입돼 백병전을 치렀다. 전투가 지속될수록 창녕 박진나루 능선은 미군, 한국군, 인민군의 시체로 덮여 갔다.

과연 어떤 말로 그 현장을 설명할 수 있을까. 살아남는 것 외에 어떤 가치도 우선되지 않는 시간, 그것이 내가 겪은 전쟁이다. 단지 전쟁이 발생한 시대와 장소에 살고 있다는 이유로 처참하게 죽고, 육신마저 유린당하는 공간에서 나는 비로소 전쟁의 민낯과 전쟁을 겪는 나라의 국민에게 주어진 현실을 깨달았다.

인류에게 전쟁이란 무척 친숙한 것이다. 인류의 역사를 전쟁의 역사라 말하는 이도 있다.

전쟁의 잔혹함에 대한 역사적 증언이 많음에도 불구하고, 역설적으로 많은 신화와 문학, 영화에서 전쟁은 휴머니즘의 소재로 자주 활용된다. 그러나 현실 속 전쟁의 한가운데서 휴머니즘을 이야기할 수 있는 순간이 있는가. 내 경험을 돌이켜보면 절대로 그렇지 않다.

그리스 신화 속에 등장하는 트로이전쟁은 역사상 많은 전쟁 스토리 중에서도 가장 드라마틱하다. 신과 인간, 영웅이 등장하는데 그중 트로이 최고의 궁수(弓手) 판다로스라는 인물이 있다. 죽음을 두려워하지 않는 용감한 장수인 그는 "전쟁이란 겪어 보지 않은 사람에게는 감미롭지만, 겪어 본 사람들에게는 가까이 접근만 해도 소름 끼치는 것"이라는 말로 전쟁을 표현했다. 기원전에도 전쟁의 모습은 다르지 않았다. 그리고 지금 이 순간에도 소름 끼치는 전쟁은 세계 곳곳에서 진행 중이다.

10여 년 전, 나는 지인과 함께 창녕박진지구 전적지를 찾았다. 꿈에서조차 떠올리기 힘든 전쟁의 현장은 깨끗하고 보기 좋게 정비돼 있었다. 하지만 전적지 주변의 굽이친 능선을 바라보는 순간 그곳에서 생을 마친 전우들의 얼굴이 떠오르기 시작했다. 박진나루터의 인민군 수중교가 놓였던 자리도 정확하게 찾아낼 수 있었다.

반세기가 흘렀지만 여전히 또렷하게 떠오르는 전쟁의 참상이 참으로 야속했다. 깊게 숨을 고르며 마음을 진정시키고, 전몰 전우들에게 묵념을 올린 후 돌아오는데 많은 생각이 빠르게 머릿속을 스쳤다.

우리는 왜 전쟁을 기념하는가. 전쟁을 겪지 않은 세대들로서는 아마도 이해되지 않을 것이다. 그러나 이들 전쟁기념관과 기념비가 의미하는 바는 전쟁의 추억이 아니다. 세월과 함께 작동하는 망각의 힘을 거슬러 전쟁에서 얻은 뼈아픈 교훈을 기억하기 위함이다. 우리의 후세에게 다시는, 결코 이 땅에 전쟁이 있어서는 안 된다고 간곡히 부탁하기 위함이다.

평화,
잃어 본 자의 깨달음

언젠가는 전쟁도 없어질 것이고 군대도 없어질 것이다. 하지만 그것이 지도자들에 의해
없어지지는 않는다. 그들은 오히려 전쟁을 함으로써 많은 이익을 얻는 사람들이다.
전쟁 때문에 고통을 당하면서 전쟁과 군대야말로 가장 못되고 사악한 것이라고
완전히 이해하는 순간 전쟁은 없어지는 것이다.
- 레프 톨스토이(Lev Nikolayevich Tolstoy)

2007년 한미 FTA 협상을 앞두고 사회적 논란이 무척 뜨거웠을 때였다. 평상시 습관대로 아침 신문을 뒤적이는데 한 인물의 사진이 눈에 들어왔다. 한미 FTA 협정의 미국 의회 비준 여부를 좌우할 중요한 정치인으로 소개된 이가 있었는데 그가 바로 랭글(Charles B. Rangel) 하원의원이다. 랭글 하원의원은 한국전쟁 당시 참전한 전우였다.

1995년 의정부에서 나는 그와 조우한 적이 있다. 미군 제2보병

사단 창설기념식 겸 한국 주둔 40주년 기념행사에 초청받아 참석한 자리에서였다. 백발의 노신사가 된 한국과 미국의 군인들은 함께 옛 기억을 나누며 눈물을 글썽이는가 하면, 서로의 무용담에 박수를 보내기도 했다.

나도 창녕 박진나루터 클로버진지 부근 야산에서 겪은 전투 이야기를 들려주었는데, 그때 누군가 뒤에서 큰 목소리로 "우리 덕분에 당신들이 살았다"고 외쳤다. 그가 바로 미 2사단 9연대 포병중대로 참전했던 랭글 대위, 아니 랭글 하원의원이었다.

"우리 덕분에 당신들이 살았다"는 그의 얘기는 사실이었다. 당시 9연대 포병중대가 우리 중대를 엄호하지 않았다면 실제로 전멸당했을지도 모른다. 그날 처음 만난 사이였지만 나는 랭글 대위가 전우로서, 생명의 은인으로서 그저 고맙고 반갑기만 했다. 나와 그는 동시에 자리를 박차고 벌떡 일어나 부둥켜안았다.

전쟁에서 소중한 전우를 잃은 아픔을 공유하고, 인간이 스스로를 파괴하는 시간을 함께 견뎌 냈다는 사실만으로도 우리는 서로를 충분히 존경했다. 그 시절, 이름조차 생소한 한국이라는 나라에서 자유민주주의를 수호하고, 조국의 명예를 지키려 모든 것을 걸었던 동맹국의 청년에게 감사하는 마음은 세월이 흐른 지금도 변하지 않았다.

1950년부터 1953년까지 한국전쟁의 모든 순간을 보내며 나는 미군과 함께 싸웠다. 그리고 휴전 후 1956년 12월 병으로 제대할 때까지도 한국전쟁에 파병되어 온 젊은 미군 병사들과 함께했다. 자유와 민주주의에 대한 확고한 믿음으로 충만한 타국의 군인들은 대부분 한국전쟁에 자원한 청년들이었다.

그러나 매일 지옥 같은 전쟁을 겪는 동안 정의에 대한 열망으로 가득하던 그들의 뜨거운 혈기는 빠르게 식어갔다. 야산에 구덩이를 파서 만든 좁은 참호에서 삶과 죽음의 경계를 오가는 백병전이 이어지던 어느 날, 잠시 전투가 멈춘 틈을 타 참호 밖으로 나와 쭈그리고 앉아 점심을 먹을 때였다. 한 젊은 미군 병사가 분노에 찬 목소리로 이렇게 말했다.

"도대체 우리가 왜 여기서 죽어야 하지?"

그의 말에 모두의 시선이 집중됐다. 고향에서 평화로운 일상을 보내던 평범한 청년이 단 한 번의 인연도, 관심도 없던 한국이라는 나라에서 생지옥을 겪다 보니 불쑥 억울한 마음이 들었으리라.

병사들의 표정은 더욱 어두워졌다. 굳이 한마디를 거들지 않아도 이심전심 서로를 이해하는 분위기 속에서 나는 어쩔 줄 몰랐다. 한국군 연락장교로서, 미군들과 함께 싸우는 나로서는 무조건 그의 말에 동조할 수도 적극적으로 반론을 펼 수도 없었다.

그러나 한국전쟁은 오로지 한국만의 전쟁이 아니었고, 미국의 국익과 세계적 정세와도 무척 밀접한 전쟁이었다. 때문에 나는 그들의 희생에 감사하는 마음을 가지고 있었지만 미국의 역할에 대한 이야기도 조심스럽게 전하고자 했다. 물론 그들은 내 이야기를 귀담아듣지 않았겠지만 더 이상 분위기를 험하게 만들지는 않았다. 아마도 한국군 장교인 나에게 예의를 지켜준 것은 아닐까 생각된다.

1950년 9월 인천상륙작전의 성공으로 치열하던 창녕박진전투에서도 승리를 거뒀다. 그 후 우리 부대는 계속 북으로 향했다. 전진하는 동안 인민군 패잔병들이 산속으로 도망치는 걸 발견하기도 했지만 우리는 그들을 잡지 않았다.

마을에 도착할 때마다 사람들은 거리로 뛰어나와 만세를 부르고 손뼉을 치며 우리를 환영했다. 그 모습이 얼마나 감동적이었는지 지난 전투로 피폐해진 마음이 잠시나마 회복되는 듯 느껴질 정도였다. 그러나 전쟁의 폭력이 할퀴고 간 현장은 내가 겪은 전투의 참혹함에 비교될 정도로 비참했다.

불에 타고 폭격당해 멀쩡한 집 한 채를 찾아보기 힘든 마을, 신발은커녕 옷도 챙겨 입지 못한 채 우는 아이들, 패퇴하는 인민군에 집단학살당한 사람들을 쌓아 놓은 구덩이, 형체를 알아볼 수 없을 정도로 훼손당한 거리의 사체들까지, 이미 시체라면 질릴 정도로 봐 왔지만 민간인의 참상을 보는 일은 또 다른 고통이었다.

'이게 바로 동족상잔의 현장이구나.'

차마 눈에 담기도 힘들어 시선을 돌리지도 못하고 있는데, 몇 명의 미군들이 거리의 시체들을 아무런 거리낌 없이 사진으로 찍기 시작했다. 기념사진을 남기려는 듯했다.

순간 나는 충격에 가까운 모멸감을 느꼈다. 스스로 평화를 지키지 못했다는 분노와 선진국의 청년들 눈에 비칠 우리나라의 모습이 너무나 비참하게 느껴져 부끄러움마저 들었다.

나라가 힘을 잃으면 그 국민도 함께 무시당하는 건 옛날이나 지금이나 똑같다. 오늘날에도 강대국과 경제부국의 국민은 세계 어디에서나 제 권리를 침해당하지 않지만, 약소국과 빈국의 국민이 타국에서 당당하게 존중받기란 쉽지 않다. 국가란 바로 국민이다. 우리가 국가의 소중함을 알아야 하는 이유는 국가의 힘이 이처럼 개인의 삶에 매우 큰 영향을 미치기 때문이다.

북진을 거듭하다가 드디어 내 고향 평안북도 정주 부근에 이르렀을 때 나는 마음속에 다시 통일을 품었다. 전쟁이라는 너무나 엄청난 희생을 치렀지만 통일 한국을 이루는 기회가 되기를 간절히 바랐다.

하지만 희망은 바람처럼 스쳐 갔다. 대규모 중공군(중국 인민군)의 참전 탓에 우리는 다시 남쪽으로 밀렸다. 솔직히 당시 나는 그 상황을 받아들이기 힘들었다. 우리가 후퇴하게 된 이유가 중공군의 인해전술 때문이라고 했지만 이것도 믿지 않았다.

중공군의 병사 수가 많다고 해도 미국의 전력은 세계 최강이었다. 연합군이 다시 남쪽으로 후퇴한 까닭이 우리의 전력이 약해서가 아니라 워싱턴의 정치적 결정이란 사실은 전후에 밝혀졌다. 미국은 중국에 이어 소련까지 참전해 확전될까 봐 후퇴를 결정했다. 참전 때부터 한반도의 통일이 아닌 38선 회복이 목표였기 때문에 군이 밀어붙일 이유가 없었다.

얼마나 화나는 일인가. 우리 영토에서 일어난 전쟁이고, 우리 국민의 희생이 큰 전쟁이지만 그 전쟁은 우리의 것이 아니었다. 결국 한국전쟁은 다시 38선에서 멈췄고, 종전이 아닌 휴전이라는 이름으로 65년이 흘렀다. 분단의 세월이 반세기를 훌쩍 넘어서면서 휴전선 철책보다 더 견고한 벽이 생겼고, 그 어느 때보다 안보 위기가 높아졌다.

2017년 초 국가보훈처가 발표한 북한의 도발과 안보에 대한 의식조사에 따르면, 전쟁이 나면 우리 국민 열 명 중 일곱 명(73퍼센트)은 군에 지원해 싸울 생각이 있다고 한다. 그런데 싸우겠다는 답변을 한 이들은 대부분 40대 이상의 연령층이었고, 2030세대는 50퍼센트 정도에 머물렀다. 게다가 고학력에 경제 수준이 높을수록 지원 의향이 떨어지는 것으로 나타났다. 기사를 읽고 나는 한동안 가슴이 먹먹해져 허공만 바라봤다.

국가란 개인의 삶과 분리될 수 없다. 물고기가 살려면 물이 필요하고, 호랑이가 살려면 숲이 필요하고, 사람이 살려면 공기가 필요하듯 국가란 개인의 삶이 안전하게 영위되도록 지켜 주는 기본 조건이다. 때문에 조국을 지키는 일이라면 어떤 선택도 주저할 수 없다.

하지만 그 방법이 전쟁이어서는 안 된다. 평화를 지킬 자유와 권리를 빼앗겼을 때 무엇을 대가로 치러야 하는지 우리는 이미 충분히 깨달았다.

주권을 빼앗긴 나라에 태어난 숙명 때문에 나라의 소중함을 배웠고 독립을 열망했다. 전쟁의 참혹함 속에서 자유와 평화, 민주주의의 소중함을 깨달았다. 정말 소중한 것을 잃어버렸다가 되찾은 적이 있는 사람은 결코 그 소중함을 당연하게 여기지 않는다. 잃어야만 소중함을 깨닫는 역사의 실수를 또다시 반복해서는 안 된다.

끝나지 않은 전쟁과
완전한 광복의 꿈

마음속의 38선이 무너져야 땅 위의 38선도 무너질 수 있다.
우리는 진실로 국제적으로 평등한 입장에서 남북의 친선을 촉진하면서
우리 삼천만의 이익을 위하여 우리 스스로가 잘 살 수 있게 하는 정치, 경제, 교육의 균등을
기초로 한 자주독립의 조국을 원할 뿐이다.
- 백범 김구

73년이다. 지금으로부터 꼭 73년 전 외세에 의해 민족과 영토가 분단된 굴욕이 시작됐다. 참으로 원통한 일이다. 남과 북은 한겨레로서 서로 갈라져 살아야 할 아무런 이유도 없고, 그렇게 갈라지기를 바라는 이 역시 당시 우리 민족 중에는 한 사람도 없었다.

분단은 우리의 뜻이 아니었다. 애국선열의 끈질긴 투쟁과 민족의 뜨거운 눈물로 되찾은 우리나라는 애초에 분단돼서는 안 되었다.

일본의 패망 후 미국의 군대가 남쪽에 진주하고, 소련(현 러시아)

의 군대가 북쪽에 진주해 북위 38도선을 군사분계선으로 설정한 것이 분단의 시작이다. 겨레의 분단은 우리의 자주적 선택이 아닌 2차 세계대전 후 미국과 소련을 주축으로 양분된 냉전 시대의 산물일 뿐이다. 우리가 통일해야 하는 이유가 바로 여기에 있다.

한국전쟁 때 남한이 압록강 근처까지 북진하며 잠시 통일에 대한 희망을 키웠지만 우리의 염원은 다시 기약 없는 미래가 되어 버렸다. 무력으로 통일을 시도한 어리석고 무모한 북한의 도발 때문에 무고한 민중이 많이 희생되었고, 민족 간 적대적 감정만 견고해졌을 뿐 통일은 더욱 풀기 어려운 숙제가 됐다. 하지만 분명한 교훈도 얻었다. 우리 겨레의 통일은 남북 상호 간의 협상을 통한 평화적 통일 외 다른 어떤 선택지도 있을 수 없다는 사실이다.

2016년 7월 '평화통일범독립운동협의회'가 출범했다. 현재 남한의 생존독립유공자들을 비롯해 한국독립유공자협회 회원들 그리고 평화통일을 원하는 독립유공자 유족들이 동참한 이 새로운 단체가 해야 할 일은 평화통일로 가는 길에 작은 디딤돌을 놓는 것이다.

평화통일범독립운동협의회의 설립은 내가 한국독립유공자협회 회장으로서 추진한 마지막 임무이기도 하다. 독립유공자로서 나는 항상 남북 평화통일을 위해 해야 할 일과 책임을 생각해 왔다. 우리 생존독립유공자의 평균 나이도 어느새 90세를 넘겼으니, 더 이상 구호가 아닌 행동이 필요한 때인 것만큼은 확실하다.

생존독립유공자들은 대부분 스무 살이 되기 전에 항일운동과 독립운동에 투신한 사람들이다. 우리의 꿈은 조국의 광복이었고, 광복 후에는 외세에 휘둘리지 않는 완전한 자주독립 국가를 소망했다. 하지만 우리에게 닥친 현실은 분단이었고, 이를 바라보는 생존독립운동가들은 민족운동으로서 통일운동의 필요성을 절감해왔다.

나는 아직도 완전한 독립을 꿈꾼다. 1945년 8월 15일에 우리 삼천만 민족이 학수고대하던 광복이 찾아왔지만 이는 완전한 독립이 아니었다. 외세의 영향을 최대한 배제한 겨레의 통일, 나는 그것이 완전한 독립이라고 생각한다. 남과 북이 하나가 되는 평화통일이 이뤄졌을 때 비로소 완벽한 조국의 광복이 완성되는 것이다.

그리고 여기에는 무엇보다 중요한 전제가 있다. 바로 남과 북이 주체가 된 '자립적' 통일이어야 한다. 우리의 통일은 선택할 수 있는 과제가 아니다. 특히 자립적 통일은 회피하거나 유보할 수 없는 운명적 과제다.

나라의 주권을 잃기까지 우리는 끊임없이 외세에 휘둘렸다. 우리에게는 내부에서 분열하고, 외부로는 급변하는 세계정세에 적극적으로 대응하지 못한 안타까운 역사가 있다. 그 결과 나라를 빼앗기고 일본의 식민 통치를 받는 치욕의 시간을 견뎌야 했다. 독립 후에도 또다시 외세의 영향으로 분단국가가 되었고, 민족끼리 총구를 겨누는 비극을 겪었다.

대한민국은 지구촌에서 유일한 분단국가이며, 여전히 우리의 통일에 영향력을 행사하려는 강대국이 한반도에서 무력 충돌의 가능성을 배제하지 않은 채 대치 중이다. 또 이들이 우리 겨레의 미래를 결정한다면 나라를 잃었던 그 시절과 다름없는 시대를 맞이하게 될 것이다.

물론 한반도의 통일은 이미 우리 겨레만의 일이 아니다. 동북아 패권을 장악하려는 주변 국가들의 계산과 독재국가의 제왕이 되고자 하는 북한 김정은의 망상이 뒤엉켜 있는 복잡한 관계 속에서 어떻게 자립적 평화통일을 이룰 수 있을까. 정부도 아닌 민간 차원에서 어떤 해법을 제시할 수 있을까. 이것이 나를 비롯한 생존독립유공자 동지들이 평화통일범독립운동협의회를 설립한 이유다.

「우리는 조국 통일에 대한 주변국의 의혹과 불안을 해소하여 지지와 협력을 이끌어 냄으로써 통일에 우호적인 국제정치 환경을 적극적으로 창출해야 하며, 통일의 기회를 스스로 만들어 나가야 합니다. 그리고 북한의 통치 세력의 미래 변화와 통일을 유도하기 위하여 그들에게 공생, 공영의 길을 제시하는 방안을 마련해 주는 것도 고려해야 할 것입니다. 이제 우리는 민족 미래를 향한 통일 논의와 통일 준비를 위해 국민적 컨센서스(consensus)를 도출해 내야 합니다. 통일 대비를 위해 민족 대동단결의 국민통합은 우리에게 가장 중요한 과제입니다.」

평화통일범독립운동협의회 설립취지문을 통해 우리는 앞으로 펼쳐 나갈 통일 운동의 방향을 분명하게 밝혔다. 자립적 평화통일의 중요성을 국민이 이해하고 공감하는 것이야말로 평화통일로 가는 첫걸음이다. 평화통일범독립운동협의회는 통일에 대한 다양한 연구활동으로 우리에게 가장 적합한 통일 관련 정책을 개발하고 제안해 나갈 것이다.

무엇보다 나는 평화통일범독립운동협의회의 이름으로 북한의 생존독립유공자들과 만남의 기회를 만들고 싶다. 나라의 독립을 위해 싸우던 그 시절 우리가 함께 꿈꾼 하나의 조국에 대해 말하고 싶다. 정치적 논리를 잠시 뒤로 물리고 통일에 대해 허심탄회하게 대화할 기회를 상시로 마련해야 한다.

과연 그러한 통일이 실현될 수 있을까. 지금의 정세를 보면 낙관보다 비관 쪽에 가깝다. 그러나 확신할 수 없다고 시도조차 하지 않는다면 책임을 방기하는 것이다. 겨레의 분단을 끝까지 반대한 김구 선생이 우리에게 남긴 "마음속의 38선이 무너져야 땅 위의 38선도 무너질 수 있다"는 말씀을 나는 지금도 굳게 믿고 있다.

요즘 젊은이들 사이에 통일을 원하지 않는 의견도 적지 않다고 한다. 이해가 된다. 천문학적 통일 비용을 부담해야 하고, 남과 북의 경제적 차이와 문화 정서의 차이가 워낙 크므로 통일 후 야기될 사회적 혼란을 생각하면 당연히 통일이 두려울 것이다.

분단된 상태로도 우리는 이미 세계 10대 경제대국에 이름을 올렸고, 문화강국으로서 콘텐츠 한류라는 새로운 트렌드도 만들었다. 남한사람끼리도 잘 살 수 있다는 생각이 들 것도 같다. 하지만 시야를 넓혀 보라. 통일된 세상에서 우리는 전혀 다른 꿈을 꿀 수 있다.

통일 한국은 지금의 남한보다 더 강한 국가로 도약할 것이다. 남과 북으로 나뉘어 있기 때문에 겪어야 하는 외세의 영향이 줄어들 것이다. 군비 경쟁에 투입되는 막대한 예산은 더 나은 사회를 향한 발전에 사용될 것이다. 넓은 영토와 많은 인구는 경제 규모의 확대를 뜻한다. 더 넓은 시장으로서 전 세계의 주목을 받을 것이고, 생산이 확대될 것이며, 당연히 GDP 증가로 이어질 것이다.

되찾은 민족의 자존심과 겨레의 역량은 이 모든 과정에서 시너지 효과를 발휘할 것이다. 통일은 이렇듯 새로운 미래의 가능성을 뜻한다.

얼마 전 보훈처로부터 현충원에 나의 자리가 마련됐다는 연락을 받았다. 독립유공자들에게는 현충원에 잠들 수 있는 명예가 주어지지만, 자리가 부족한 탓에 그동안 나는 개인적으로 별도의 자리를 봐 둔 상태였다. 다행히 국가에서 현충원에 나와 아내의 자리를 마련해 주었으니 정말 감사한 일이다.

현충원에서 마련해 준 명예로운 자리를 받으며 나는 다시 의미를 되새겼다. 참된 명예로움이란 과거 속에 머무는 것이 아니라 끊임없이 그 이름에 합당하게 책임을 지는 행동을 함으로써 유지된다. 현충원에 묻히는 그 날까지 주어진 자리에서 내가 할 수 있는 일을 하는 것, 이것이 바로 내가 독립유공자로서 조국에 도움이 되고, 그 명예를 지키는 방식이다. 그래서 나는 앞으로도 대한민국의 완전한 독립을 꿈꾸고 행동하는 일을 멈추지 않을 생각이다.

3장

청년,
어떻게
살 것인가

성공 원칙,
정직하게 본질에 집중하라

지혜로운 사람에게 존경받고/ 해맑은 아이들에게 사랑을 받는 것/ 정직한 비평가들에게
인정받고/ 거짓된 친구들의 배반을 견뎌 내는 것/ 진정한 아름다움을 발견하고/
다른 사람의 장점을 알아보는 것/ (…) 무엇이든 자신이 태어나기 전보다/
조금이라도 나은 세상을 만들어 놓고 가는 것/ 자네가 이 세상에 살다 간 덕분에/
단 한 사람의 삶이라도 더 풍요로워지는 것/ 이것이 바로 성공이라네.
- 랄프 왈도 에머슨(Ralph Waldo Emerson)의 시 '성공이란' 중에서

누군가를 '성공했다'라고 평가할 때 사람들은 대부분 한두 가지 조건을 그 근거로 제시하곤 한다. 하나는 '얼마나 벌었는가'이고 또 하나는 '얼마나 이름을 알렸는가'다. 즉 돈과 유명세를 성공의 기준으로 본다는 얘긴데, 이 기준에 완전히 동의하지는 않지만, 중요한 조건임은 인정하지 않을 수 없다.

돈이란 생활을 안정적으로 유지하는 데 꼭 필요한 만큼 인생에서 매우 중요한 것이고, 많이 벌수록 경제적으로 풍요로운 삶, 즉

원하는 삶을 계획하고 디자인할 기회도 많아진다. 많은 이들이 부러워하는 이 조건을 충족하고 나면 어느 정도 유명세도 따라오게 된다.

하지만 성공이란 원래 하나의 기준으로 평가하기 어렵다. 성공의 사전적 의미는 '목적하는 바를 이루는 것'이다. 그 목적이 무엇인가에 따라 성공의 내용도 제각각이다. 돈을 많이 버는 게 목적인 사람은 목표만큼 벌면 성공이고, 첫사랑과 결혼하는 게 목표인 사람은 역시 그 결혼을 이루면 성공한 것이다.

그런데 나는 여기에 또 하나의 조건, 바로 '정직'이라는 원칙을 더하고 싶다. 목표로 정한 만큼 돈을 벌었어도 부정한 방법으로 축적했다면 그것을 성공이라 할 수 없고, 원하는 결혼을 했지만 상대를 배려한 결혼이 아니었다면 이 또한 성공한 결혼이라고 할 수 없다.

실제로 정직하지 않은 방법으로 개인의 재산을 축적한 사람은 큰돈을 벌더라도 반드시 대가를 치르게 된다. 목표가 무엇이든 정직하게 실행하고 노력하는 과정 없이 성공을 이루고, 그 성공을 끝까지 지키는 경우를 아직 보지 못했다.

끔찍하던 한국전쟁이 휴전으로 마무리된 후 1956년 12월 15일 육군 대위로 제대한 나는 충주비료라는 회사를 거쳐 곧 창업에 나섰다. 당시 외국자본으로 설립된 충주비료는 인정받는 회사였기 때문에 근무이력만 있다면 어디든 취직이 가능했지만 나는 새로운 도전을 하기로 했다.

1960년대는 섬유산업의 부흥기로 기성복 시장이 확대되면서 패션에 대한 관심이 증가하던 시기였다. 하지만 의류 생산기술은 뒤떨어져 소비자의 기대를 충족할 만한 품질의 옷은 상대적으로 부족했다. 마침 아버지의 외사촌이신 김항복 독립문 메리야스(현 평안엘앤씨) 창업주를 통해 메리야스(니트) 사업에 관심을 갖게 된 나는 용기를 내 직접 공장을 열었다.

첫 출발은 정말 소박했다. 그동안 저축해 둔 돈을 합쳐 봐야 고작 기계 한 대를 살 정도밖에 되지 않아 나머지 한두 대는 외상으로 변두리 작은 공간에 차린 공장에 들여놓았고, 아내와 내가 직접 기계를 돌리며 옷을 만들었다. 사업이랄 것도 없는 소규모 가내수공업 수준이었지만 목표만큼은 크고 높았다.

'나는 반드시 성공할 것이다. 분명히 지금보다 나아질 것이다.'

비록 열악한 환경에서 출발했지만 처음부터 한 가지 원칙을 마음에 새겼다. 내가 생산하는 옷만큼은 제대로 만들겠다는 다짐, 그것은 자신과의 약속이었다.

우선 니트 생산에 필요한 원사를 고를 때부터 꼼꼼하게 품질을 살폈다. 한두 번 입으면 금세 보풀이 생기고, 색이 변색되는 게 당연한 일로 여겨지던 시대였지만 나는 그런 옷을 만들지 않았다. 좋은 원사를 알아보는 안목을 키우려고 공부했고, 품질 좋은 원사를 원활하게 구매하려고 재료 상인들과 좋은 관계를 다져 나갔다.

틈만 나면 패션의 중심지였던 명동거리에 앉아 사람들의 옷차림을 연구했고, 매일 저녁 퇴근 후 아내와 함께 외국 패션잡지를 보며 디자인을 연습했다. 제품의 불량률을 줄이고자 편물기계에 대한 공부 역시 게을리하지 않았다.

무엇보다 정직하게 옷을 만들었다. 당시 공장에서 생산된 니트 의류는 한 번 세탁을 하면 옷이 확 줄어서 성인복이 아동복 사이즈로 변하는 일이 다반사였다. 이는 최대한 적은 양의 실로 많은 옷을 제작하려고 공정에서 옷을 최대한 늘이기 때문인데, 세탁을 하면 다시 원래의 크기로 원상 복구될 수밖에 없었다. 이러한 업계의 관행(?)은 잠시 소비자의 눈을 가려 이익을 추구하는 행위에 불과했고 정직한 비즈니스가 아니었다.

나는 한 벌의 옷을 만드는 데 필요한 정확한 양의 실을 사용했다. 때문에 남들이 같은 양의 실로 15벌의 옷을 만들 때 나는 10벌의 옷밖에 생산할 수 없었다. 당연히 수익은 적었고, 주위에 오히려 나를 비웃는 사람들도 생겨났다.

그러나 시간이 흐르면서 조금씩 시장의 반응이 나타나기 시작했다. 빨아도 줄지 않는 좋은 품질의 옷을 가장 먼저 알아본 건 역시 소비자였다. 그리하여 창업 후 3년 만에 공장은 제법 큰 규모로 발전했고, 회사는 오양섬유공업사라는 이름으로 빠르게 커갔다.

'오대양'이라는 브랜드를 달고 내가 만든 옷은 전국 백화점과 큰 유통 업체로 팔려 나갔다. 그 인기가 얼마나 높았는지 도매시장에 있는 우리 직매소가 문을 여는 새벽 4시부터 상인들이 줄을 섰고, 오전 중에 모든 제품이 동나곤 했다. 그러다 보니 소매상들이 자발적으로 의논해 수량을 분배해 사 가는 진풍경이 연출되기도 했다.

창업 후 15년의 시간이 지났을 무렵 오양섬유공업사는 종업원 80여 명이 근무하는 안정적이고 내실 있는 회사로 성장했다.

목표를 세우고 성공을 이루는 데 필요한 핵심 조건은 단순하다. 자신이 선택한 일, 비즈니스의 본질에 집중하는 것이다. 옷을 만드는 비즈니스의 본질은 옷을 제대로 만드는 것이다. 여기서 '제대로' 란 시장의 요구를 충족하는 수준을 말한다. 옷을 만드는 비즈니스를 하면서 옷이 아닌 돈을 중심으로 생각했다면 회사는 평생 가내수공업 규모에 머물렀거나, 얼마 안 가 경쟁에 밀려 도태되었을 것이다.

비즈니스의 목표는 물론 돈을 버는 것이다. 돈을 잘 벌려면 소비자와 촘촘한 그물로 연결된 관계를 구축해야 한다. 그 그물이 바로 신뢰다. 정직은 재료이며, 비즈니스의 본질에 집중하는 것이 신뢰의 그물을 잘 짜는 비법이다.

수십 년 동안 사업가로 일하며 어려움도 숱하게 겪었다. 의류제조업은 경기에 민감한 업종이기 때문에 경제가 어려워지면 어김없이 매출이 줄었다. 그러나 기계가 멈춰도 월급은 꼬박꼬박 지출해야 하니 긴 시간 적자를 감내해야 할 때도 있었다. 하지만 아무리 어려워도 나는 원칙을 허물지 않았다. 아니나 다를까 상황이 조금 나아지면 고객은 언제나 나를 가장 먼저 찾아 주었다.

사업가로서 조금은 이른 나이인 60대에 경영현장에서 은퇴했다. 그 후 사회단체 및 장학회 활동으로 제2의 삶을 살아 오면서도 나는 비즈니스를 할 때와 다름없이 해야 할 일의 본질에 집중한다는 원칙을 지키고 있다. 돈을 벌기보다 쓰는 일이 더 많지만 이는 지금 선택한 일의 본질에 충실했기 때문이다.

스스로 정한 목표에 집중하는 삶은 후회보다 보람이 더 크다. 이 소박한 진리를 경험하며 살아왔기에 나는 내 삶이 성공했다고 자부한다.

줄 것 주고
남은 돈이 내 돈이다

악의 근원은 돈 그 자체가 아니라 돈에 대한 집착이다.
- 프랑수와 라블레(François Rabelais)

2017년에 특별한 대통령선거를 치렀다. 국정농단사건 탓에 깊은 상처를 입은 국민은 새 정부에 대해 그 어느 때보다 많이 기대했다. 때문에 고위 공직자 인선을 위한 국회 인사청문회에도 국민적 관심이 집중됐다.

그런데 부패 청산과 개혁에 대한 요구가 높았던 인사청문회에 가장 많이 등장한 단어가 세금탈루, 다운계약서, 위장전입 등과 관련된 것이었다. 이 말들은 각각 다른 뜻이 있지만 본질은 같다. 바로 돈에 대한 부정한 욕심이다.

사회 지도층이라는 위치에서 명예를 누리며 돈도 벌 만큼 번 사람들이 위법을 저지르는 이유는 정직하지 않은 방법으로 재산을 축적하려는 의도가 있기 때문이다.

모든 국민은 벌어들인 수익의 일부를 세금으로 낸다. 적게 내면 좋고, 안 내면 더 좋은 게 세금이라는 말도 있지만, 세금은 많든 적든 내 돈에서 '떼어서' 내는 게 아니라 처음부터 내 돈이 아니다. 내 것이 아닌 돈에 욕심을 낼 필요가 없다. 내 손에 들어온 돈이라도 줄 돈을 모두 주고 난 다음에 남은 돈이 진짜 내 몫이다.

나는 우리 사회 기준으로 보면 솔직히 재산을 좀 모은 사람이다. 빈손으로 시작해 악착같이 벌었고, 지독하게 절약했고, 계획한 경제적 목표를 이뤄 냈다. 사람들이 이런 나를 성공했다고 인정해 주니 참으로 고마운 일이다. 그러나 단지 재산의 규모만을 따져 성공이라는 이름표를 준다면 그건 받아들이고 싶지 않다. 나는 내가 평생 모은 재산의 규모보다 돈을 버는 과정에서 흔들림 없이 지켜온 원칙에 더 큰 자부심을 느낀다.

한 집안의 가장이자 기업을 운영하는 경영인으로서 납세의 의무를 정직하게 수행했고, 거짓된 방법으로 돈을 모으지 않았다. 또한 어떤 경우라도 스스로 갑질을 용납하지 않았다. 돈에 욕심이 적어서가 아니라 마땅히 내 것이 아닌 돈에는 욕심을 갖지 않으려 매사에 부단한 노력을 지속한 덕분이다.

나는 명예를 잃은 돈은 그 소유자의 삶에 어떤 방식으로든 부정적인 영향을 미치고, 반대로 윤리적으로 획득한 재물은 반드시 더 큰 이익으로 돌아온다고 믿는다. 세금을 내는 면에서도 무척 철저한 습관을 갖게 된 계기도 이런 사고에서 비롯한다.

작은 공장을 운영할 때나, 큰 기업을 경영할 때나, 은퇴를 한 지금도 나는 변함없이 법에 따라 세금을 신고하고, 언제나 정해진 기한보다 일찍 납부하고 있다. 내 수익 중에 포함된 남의 돈을 일찌감치 주인에게 돌려준다는 의미인데, 이 습관 덕분에 괜히 내 것도 아닌 돈을 만지작거리며 욕심만 키우는 어리석음을 버릴 수 있지 않았나 생각한다.

수십 년 전 부동산 개발이 한창이던 그 시절, 나도 부동산 투자를 했지만 다운계약서를 작성해 본 적이 없다. 국회 인사청문회에서 단골로 등장하는 바람에 온 국민의 상식이 된 다운계약서는 한 마디로 세금을 덜 내려는 속임수이며 범죄 행위다. 청문회에서 다운계약서 문제로 곤혹을 치른 인물들은 모두 "당시에는 관례였다"고 변명을 하기 바빴다.

그 해괴한 변명에 고개를 끄덕이는 사람이 있을지도 모르지만, 세금을 적게 내려고 고의로 법을 어긴 것이 분명한데 관례라는 말도 안 되는 이유로 위법한 행동에 면죄부를 주는 행태는 어떠한 경우에도 있을 수 없다. 물론 그럼에도 불구하고 이들 중 다수가 고위 공직자로 임명됐지만, 청문회 과정에서 비도덕적으로 재산을 축적한 사실이 만천하에 공개된 후 그들의 성공에 대한 평가는 달라졌다.

내 돈과 내 돈이 아닌 것의 구분이 분명하면 할수록 사회적 신뢰는 단단하게 구축된다. 이것이 상식이자 관례가 된 사회에서 우리는 최소한의 공정함을 누릴 수 있다.

최근 사회적 이슈가 되고 있는 갑질 문제도 이것과 무관하지 않다. 마땅히 받을 권리가 있는 '을'의 돈을 제때 주지 않거나, 이를 빌미로 자신의 이익을 부당하게 추구하는 일이 사회 전반에 확산된 주요 배경에는 내 돈과 네 돈, 나의 의무와 상대방의 권리에 대한 윤리적 사고의 부재가 크게 자리 잡고 있다.

아내와 단둘이 시작한 작은 공장이 큰 규모의 오양섬유공업사로 성장하기까지 나는 모든 협력사와 외상 거래를 하지 않는 것을 목표로 삼았고, 그 원칙을 지켰다. 줄 돈은 되도록 빨리 챙겨 줘야 직성이 풀리는 나는 실과 원단, 각종 부자재, 기계 설비, 기타 물품 등 수많은 거래에서 언제나 약속한 날짜를 정확하게 지켜 돈을 지급했는데, 제때 받아 가지 않는 거래처는 직접 가서 돈을 건네주고 돌아오는 수고도 아끼지 않았다.

기업과 기업, 고용주와 직원의 관계에서 갑질은 경제적 협력 관계를 권력의 관계로 잘못 인식하기 때문에 발생한다. 그런데 우리 사회에서 이런 갑질의 역사가 꽤 오래되었다는 사실이 새삼 부끄럽다.

과거 노동집약적 산업을 중심으로 경제개발이 이뤄지던 시절에는 도시의 크고 작은 공장마다 농촌에서 올라온 젊은 근로자가 무척 많았다. 근로 환경과 임금 같은 조건은 열악했지만 고향에 남은 가족을 부양해야 하는 근로자들은 일자리를 매우 절박하게 지켜야 했다. 그런데 종종 이들의 처지를 악용해 고의로 임금을 체납하거나, 나눠서 분할 지급하는 고용주가 적지 않았다. 당시 내 주변에도 그런 업체가 꽤 존재했다.

그들의 행동을 내가 나서서 막을 수는 없었지만 적어도 우리 회사 안에서는 절대로 용인하지 않았다. 근로자의 복지라는 개념도, 제대로 된 법도 없던 시절이었지만 급여만큼은 제날짜에 지급했다. 간혹 매출이 급감할 경우에는 빚을 내서라도 임금을 체납하지 않았다. 지금의 관점에서 보면 당연한 일이지만 당시만 해도 임금 지급을 늦추거나 떼어먹는 사례가 종종 있었다.

그리고 1년에 한두 번 야유회를 열고 크리스마스 선물을 챙기는 등 가족적인 사내 문화를 만들고, 동종 업체보다 조금 더 높은 기준으로 임금을 책정하고 유지하고자 노력했다. 회사가 돈을 버는 과정에 직원의 노력이 포함되어 있으니 그만큼 인정해 주어야 한다고 생각했기 때문이다.

덕분에 우리 회사로 이직하려는 주변 업체의 근로자가 많았고, 나를 불편해 하는 업계 사장도 적지 않았지만 전혀 개의치 않았다. 그리고 이 원칙은 내가 경영 일선에서 물러나는 순간까지 꾸준히 지켰다.

돈의 유혹은 참으로 무섭다. 돈이 적은 사람도, 많은 사람도 모두 돈을 좋아하기 때문이다. 그런 돈 중에서도 사람들은 특히 공돈에 약하다. 공돈이란 내 힘으로 벌지 않은 돈이거나, 내 몫이 아닌 것을 내 것으로 착복했을 때 생기는 돈이다. 둘 중 어느 경우라도 사실 내 것이 될 수 없는 돈이 바로 공돈이다. 탈세, 뇌물, 갑질 등으로 챙긴 이익이 공돈에 해당하는데, 이 돈을 덥석 삼키는 순간 이는 더이상 돈이 아닌 독이 된다.

옳지 않은 돈의 유혹에 지면 언젠가는 그 대가를 치른다. 물론 종종 부정한 방법으로 큰 부를 누리는 사람들이 있어 선한 사람의 마음을 어지럽게 하지만, 이들이 평생 그리고 후대에 이르기까지 그 부에 걸맞은 명예와 행복을 누리는 경우는 거의 없다.

때문에 돈을 벌고 싶다면 먼저 돈을 대하는 자세부터 배워야 한다. 직장 생활을 하든, 사업을 하든 내 돈의 범위를 아는 것이 그 출발점이다. 나는 자식들에게 늘 결과보다 과정을 강조해 왔다. 통장의 액수보다 중요한 가치들, 즉 성실하게 일하고, 정직하게 벌고, 열심히 저축하는 원칙을 지킨다면 최소한의 윤리적 기준에 부합하는 것이며, 이것이 돈을 버는 기본이기도 하다. 그리고 이러한 원칙을 지키는 것이야말로 땀 흘려 번 돈을 가장 행복하게 소유하는 방법이라고 자신 있게 말할 수 있다.

행복하게 부를
확장하는 방법

부자가 재산을 자랑하더라도 그 부를 어떻게 쓰는가를 알기 전에는 칭찬하지 말라.

- 소크라테스(Socrates)

근검절약은 내가 평생 실천해 온 좌우명이다. 1950년대, 가난한 나라 대한민국에서 한국인은 남보다 부지런히 일하고 악착같이 저축하는 것을 생존의 철칙으로 삼았다. 나 역시 그중 한 사람으로서 평생 근검절약을 실천하다 보니 어떤 경우라도 돈을 허투루 쓰지 않는 지독한 절약 습관을 갖게 되었다.

지금도 마치 집밥처럼 자주 찾는 단골 국밥집은 맛도 좋지만 무엇보다 가격이 저렴해서 수십 년간 찾게 되었다. 어지간해서는 몸을 치장하는 데 돈을 쓰지 않기 때문에 시계는 30년 넘게 차고 있으며 옷은 10년이 훌쩍 넘는 것들이 대부분이다.

돈이란 버는 것보다 쓰는 게 중요하다. 돈을 많이 벌어도 잘 쓰지 못하면 여러 가지로 탈이 난다. 가난을 면치 못할 수도 있고, 베풀고도 욕을 먹을 수 있다. 이는 돈을 가치 없게 쓴 결과다.

돈을 벌고자 할 때는 반드시 잘 쓰는 기준이 무엇인지 먼저 정리해야 한다. 돈을 많이 가진 사람이 행복한 것이 아니라, 돈을 가치 있게 잘 쓰는 사람이 행복한 법이다.

"불 꺼라."

딸들에게 어릴 적 기억 속에서 제일 익숙한 말을 골라 보라고 하면 바로 불을 끄라는 나의 말을 선택하지 않을까 싶다. 퇴근 후 집에 돌아와 사람이 없는 공간에 불이 켜 있으면 바로 불호령을 내리고, 심지어 밤늦게 불을 켜놓고 공부하는 아이들에게도 "빨리 불 끄고 자라"고 보채는 일이 잦았다.

어디 이뿐인가. 세수할 때는 모든 식구가 대야에 물을 3분의 1만 받아서 사용하고 양치질을 할 때도 작은 컵 하나로 해결하도록 했다. 경제적으로 어려울 때도, 풍족할 때도 우리 집의 생활 원칙은 변하지 않았다. 옛이야기 속 자린고비가 무색할 정도로 소비와는 담을 쌓고 살았다.

하지만 돈을 아낀다고 해서 무조건 인색하게 굴고 재산을 쌓아두기만 한 것은 아니다. 내게는 나만의 원칙이 있다.

첫째, 배움에는 돈을 아끼지 않았다. 딸들에게 용돈은 풍족하게 주지 않았지만 아이들의 꿈에는 예외적으로 투자했다. 여자가 대학까지 공부하는 일이 흔치 않던 시절, 딸들의 대학원 진학은 물론, 음악에 재능이 있는 딸을 적극적으로 뒷바라지했다.

배움에 대한 투자는 나와 아내에게도 예외가 아니었다. 바쁜 생활에 쫓기면서도 시대의 변화를 놓치지 않으려고 나는 무던히도 노력했다. 70년대부터 지금까지 미국의 시사주간지 〈타임(TIME)〉을 구독하는 것도 그 노력 중 하나다.

당장 돈을 버는 일과 직접적인 관련이 없지만, 현재 살아가는 세상을 알고, 변화의 방향을 예측하고, 더 나은 미래를 준비하려면 끊임없이 세상을 향해 문을 열어 두어야 한다. 더욱이 자식을 키우는 부모에게 미래를 읽는 눈을 갖추려는 태도는 참 중요하다.

70년대 중반 무렵, 국내에 컴퓨터라는 용어조차 생소할 때 나는 컴퓨터를 배웠다. 보통의 국민이 90년대 초반에 컴퓨터를 배웠으니, 얼마나 앞서 나갔는지 가늠할 수 있을 것이다.

열심히 공부해서 컴퓨터 자격증을 딴 날, 아이들을 불러 모았다. 신기해 하는 딸들에게 "가까운 미래에는 컴퓨터와 운전, 영어를 못하면 안 된다"는 사실을 자연스럽게 일러줬는데, 아이들은 정말로 눈을 반짝이며 컴퓨터라는 새로운 문물에 관심을 갖기 시작했다.

서울에서 개인 승용차를 찾아보기도 쉽지 않던 시절에 아내에게 당장 필요하지도 않은 운전을 배우라고 권하기도 했다. 아내에게 운전면허증을 권한 이유는 머지않아 1인 1 승용차 시대가 올 것이고, 때가 되면 아내와 딸들이 적극적으로 사회 활동을 하는 데 운전이 도움이 될 것이라고 확신했기 때문이었다.

배움에 쓰는 돈은 소비가 아니라 투자다. 돈을 쓰는 만큼 그대로 결실을 얻을 수 있는 것도 아니고, 빨리 이익을 낼 수 있는 것도 아니지만, 보다 풍요롭고 행복한 삶을 가능케 한다.

둘째, 어느 정도 경제적인 기반을 다진 후로는 줄곧 공동체와 나눔을 생각했다.

경영 일선에서 물러난 후 지금까지 나는 돈을 벌던 그 시절 못지 않게 바쁜 생활을 하고 있다. 솔직히 기업가로서 은퇴를 결정했을 때만 해도 느긋하게 삶을 즐기며 살아 보자는 게 내 목표였다. 30여 년을 하루 4~5시간밖에 자지 않는 일 중독자로 살아왔고, 노후 준비도 마쳤으니 충분히 쉴 자격이 있다고 생각했다.

그런데 바로 그즈음 나는 또 다른 세상과 만났다. 돈을 벌어서 행복한 세상이 아니라 돈을 써서 행복한 세상이 나를 찾아왔다.

"사장님, 장학회에 돈 좀 기부하고 가시죠."

40여 년 전, 백부 승준현 선생의 독립유공자 등록 문제로 고향 사람들의 모임인 정주군민회에 나갔다가 직원으로부터 장학회에 대한 이야기를 처음 들었다. 고향의 후손 중 돈이 없어서 진학을 못하는 아이들을 돕는다는 말에 그 자리에서 지갑에 있던 현금 10만 원을 모두 털어서 내어 준 일이 장학회와 맺은 첫 인연이다.

지금도 경제적 문제로 상급 학교 진학을 포기하는 아이들이 있지만 30, 40년 전에는 이런 아이들이 무척 많았다. 나 역시 남한에 내려와 대학에 진학할 때 등록금이 없어서 큰 어려움을 겪었던 지라 유독 장학회에 마음이 갔다.

"돈이 없어도 학교는 가야지."

나와 내 가족이 아니어도 누군가에게 기회를 주는 투자보다 가치 있는 소비가 있을까. 이것이야말로 행복하게 돈을 소유하는 최고의 방법이 아닐까.

이렇듯 여러 사회 활동에 관심을 두고 나니 일할 기회가 나에게 몰려왔다. 정주장학회를 비롯해 연일승씨장학회, 남강문화재단, 평북장학회 등 무려 네 곳의 장학회 운영을 책임지는 이사직을 맡게 되었고, 결국 이사장까지 역임했다.

40여 년 동안 꾸준히 장학회 활동을 하면서 사회에서 제법 성공한 장학생들의 이야기도 들었고, 그들이 장학회에 나와 다시 후배들을 위해 기부금을 내는 모습도 지켜봤다. 나눔의 순환이 우리가 사는 공동체를 더욱 건강하게 만든다는 사실을 확인했고, 행복이 확장되는 경험을 했다.

적지 않은 나이에 광복회 부회장과 한국독립유공자협회 회장직을 수락하고 전력을 다한 것 역시 건강한 사회를 만드는 데 꼭 필요한 일이라는 판단 때문이었다. 국가나 민족의 가치가 희석되어 가는 시대에, 역사 유산을 지키고 계승하는 일이 우리 공동체의 미래에 얼마나 중요한지 잘 알기에 수십 년의 시간과 열정을 기꺼이 쏟을 수 있었다.

왜 성공하려 하는가. 모든 사람이 예외 없이 성공을 꿈꾸지만 정작 성공하려는 이유를 명확하게 답하는 사람은 드물다. 이는 자신이 원하는 성공의 구체적 그림을 갖고 있지 않기 때문이다. 성공하고 싶지만 정작 성공에서 얻고자 하는 것이 무엇인지 명확하지 않은 사람이 대부분이다. 이런 경우 대부분 무조건 많은 돈을 버는 것을 성공이라고 정의하게 된다.

하지만 돈의 액수가 행복을 결정하지는 않는다. 삶은 결과가 아닌 과정을 통해 행복을 느끼도록 설계되어 있기 때문이다. 정직하고 성실한 땀을 투자해 가며 돈을 버는 과정은 매우 즐겁다. 그리고 소중하게 번 돈을 가치 있게 쓸 때 그 보람과 기쁨은 몇 배로 확대된다.

나는 사람들이 성공을 꿈꾸기 전 그 과정의 삶을 생각하고 의미를 깨닫는 시간을 가졌으면 한다. 어떻게 하면 행복하게 벌고 행복하게 소유하는 부자가 될 수 있을까. 진지하게 성공을 생각하고 모두가 저만의 계획을 세울 수 있기를 진심으로 바란다.

친구는
많을수록 좋다

벗과 교제하는 데에도 약자를 돕고 강자를 누르는 남아의 의기가 필요하다.
이로운 점이 있기 때문에 교제를 한다든가 또는 교제를 하면 손해를 볼 것이므로
절교하는 등, 이해를 생각하는 교제는 건실한 교제라 결코 할 수 없다.
- ≪채근담≫ 중에서

    인생이라는 긴 길에서 사람은 누구나 성장하고, 그 과정에서 성공이라는 가치를 추구한다. 성장을 원하지도, 성공을 꿈꾸지도 않는 사람은 세상에 존재하지 않을 것이다. 때문에 많은 사람이 특별한 성장과 성공의 비법을 궁금해 한다.

    솔직히 비법이란 것이 있는지는 잘 모르겠으나, 구체적인 목표가 무엇이든 성공을 향해 성장해 나가는 과정에서 꼭 필요한 것이 있다면 아마도 관계가 아닐까 생각한다. 동료, 친구, 부부, 자녀 등

관계를 빼고는 삶을 설명할 수 없다.

요즘은 청소년들도 소위 인맥이라는 단어를 쓴다고 한다. 관계의 중요성이 매우 강조되는 세상임은 분명하다. 지나친 인맥 중심, 즉 연(緣)에 좌우되는 사회는 분명 지양해야 할 대상이지만, 실제로 인맥은 여러 가지 정보를 공유하고 교환할 수 있는 일종의 시스템으로서 현실적이고 중요하다. 그런데 이 인맥 중에서도 가장 중요한 관계를 꼽으라면 나는 '친구'라고 말하겠다.

인간은 사회관계를 바로 친구부터 시작한다. 친구는 놀이를 즐기며 관계를 배우는 사이에서 출발해 함께 성장하며 고민과 갈등을 공감하는 기본적인 인간관계다. 꿈을 키우고, 목표를 설정하고, 땀을 흘리는 과정에서 친구는 든든한 조력자 역할을 한다. 그런 의미에서 친구란 많을수록 좋다.

많은 사람과 교류하다 보면 좋은 친구를 얻을 수도 있고, 때론 상처를 주는 친구도 만날 수 있다. 하지만 이를 두려워할 필요는 없다. 좋은 친구에게 배움을 얻고, 그렇지 않은 친구는 반면교사(反面教師)로 삼으면 될 일이다.

열여섯 살, 중학생이던 나는 오산학교 동급생 일곱 명과 함께 항일단체 혈맹단을 조직했다. 이제 막 사춘기에 접어든 나이에 어른에게도 쉽지 않은 항일운동을 결심하고 혈맹단을 조직할 수 있었던 것은 같은 꿈을 꾸고, 신뢰할 수 있는 친구들이 곁에 있었기 때문이다. 특히 친구 선우진은 내가 혈맹단이라는 구체적인 목표를 수립하고 행동하는 데 가장 힘이 된 동지이자 조력자였다.

선우진은 일제강점기 105인 사건에 연루된 독립운동가 선우훈 선생의 아들이다. 나와 함께 혈맹단을 설립했고, 월남 후 서울대학교와 육군사관학교를 졸업하고 군인, 언론인, 정치가 등으로 왕성한 사회 활동을 펼쳤다.

그는 나와 같은 평안북도 정주 출신이었다. 오산학교 근처에서 하숙을 한 우리는 주말이면 학교가 있던 용동에서 정주의 집까지 함께 오가며 친해졌다. 독립운동가 집안에서 자랐다는 공통점만으로도 속마음을 털어놓을 정도로 서로를 신뢰하게 됐다. 덩치가 크고 공부도 무척 잘한 선우진은 리더십도 뛰어나 혈맹단의 단장을 맡았고, 나는 부단장과 서기를 맡아 말 그대로 찰떡궁합의 호흡으로 혈맹단을 지켜 나갔다.

오산학교에 대한 일제의 감시가 극에 달하고, 심지어 학교 내 항일 조직을 찾는 대대적인 조사가 있었음에도 졸업할 때까지 발각되지 않을 수 있었던 것은 선우진과 나 그리고 주요 직책을 맡은 정예 동지들의 단단한 신뢰가 있었기 때문이다.

독립운동가의 자손이라는 이유로 나는 학교를 다니며 크고 작은 불이익에 시달렸다. 일본 경찰과 친일 교사들은 드러내 놓고 핍박하지는 않았지만 늘 문제가 있는 녀석이라며 의심의 눈초리를 거두지 않았다.

혈맹단을 조직한 후 나는 학교 항공부에서 비행술을 배워 중경임시정부로 가 광복군에 입대하겠다는 꿈을 꿨다. 체육 과목에서 뛰어난 실력을 증명했고, 선생님으로부터 "비행사로서 가장 적합하다"는 평가도 받았지만 끝내 항공병이 될 수 없었다. 내 집안 배경이 탈락 이유였다. 나와 같은 목표로 항공병에 지원한 선우진도 함께 탈락했다.

졸업 즈음에는 교련 훈련(일제의 군사 교육)에 대한 태도 불량이라는 억울한 이유로 상급 학교 지원이 어려워졌다. 그때 선우진도 나와 같은 이유로 일본 유학의 꿈이 좌절되었다. 한창 꿈을 향해 달려 나갈 나이에 독립운동가 집안이라는 이유로 꿈이 꺾이는 경험은 청년이 감당하기에는 무척 큰 아픔이었다.

"우리가 뭐 꼭 대학교 가야 하는 건 아니잖아?"

당시 나는 무척 참담한 심정이었지만 먼저 선우진을 위로했다. 담담한 표정으로 고개를 끄덕이며 얼굴을 바라보던 그와 나는 "일본은 꼭 망할 것이고, 그럼 우리에게도 기회가 올 것"이라며 서로의 어깨를 안아 줬다.

혈기왕성하던 시절, 분노에 휩싸여 잘못된 길을 선택할 가능성도 높았지만 우리는 그러지 않았다. 함께 고민을 나누고 진심으로 공감할 수 있는 친구가 있었기에 나와 선우진은 어려운 시기도 이겨낼 수 있었다.

조국 광복 후에도 우리는 오랫동안 우정을 나눴다. 한국전쟁 때는 비록 장소는 달랐지만 육군 장교로서 함께 전투를 치렀고, 훗날 기업가와 군인으로 다른 길을 걸었지만 늘 서로를 응원했다.

뜻밖의 병으로 친구 선우진을 일찍 떠나보낸 안타까움은 세월이 흘러도 여전히 그대로 남아 있다. 가장 힘들고 어려웠던 시절 절망 대신 희망을 얘기하며 서로에게 힘이 되어 준 우정이 있어서 참 다행이었다.

훗날 기업가의 길을 선택한 나는 많은 사람을 만났다. 비즈니스 동료, 회사 직원들, 사회단체 동지와 많은 인연을 맺었고, 그 과정에서 소중한 친구도 얻었지만 시기와 배신 등 상처를 준 지인도 많았다. 속마음을 나누며 인생의 선후배로 지내던 직원의 배신으로 회사가 어려움을 겪은 일도 있고 형님, 동생 하며 10여 년을 함께한 동료의 시기 때문에 좋은 기회를 놓친 경우도 여러 번이다.

그럼에도 나는 여전히 사람을 사귀는 데 까다로운 기준을 두지 않는 편이다. 앞서 말했듯이 친구가 많을수록 배우는 것도 많을뿐더러, 조금의 손해도 보지 않고 내게 도움이 되는 사람만 만나겠다는 생각으로 관계를 맺는다면 오히려 좋은 사람을 얻을 수 없게 된다. 관계에서 때로는 손해도 보고 아픔도 겪으며 성장하는 것이 사람이고, 그 과정에서 진실로 좋은 친구와 교우할 기회도 얻는다.

옛날이나 지금이나 세상살이는 여전히 거칠다. 이렇게 힘이 드니 같은 이상을 품은 친구가 더욱 필요하다. 사람은 마음이 강하고 물질적으로 부족함이 없어도 혼자서는 살 수 없다. 태어나서 죽을 때까지 많은 사람을 만나지만 마음을 나누고 배움을 주고받는 친구가 없다면 그 인생은 성공한 인생이라 말할 수 없다.

주변의 사람들이 곧 나의 인생이라는 말이 있다. 행복한 성공을 꿈꾼다면 많은 친구를 사귀어야 하며, 무엇보다 스스로 좋은 친구가 되고자 노력해야 한다. 인생을 더욱 행복하게 해 줄 좋은 친구란 바로 그런 노력으로 얻는다.

준 것은 잊고
받은 것은 기억하라

나눔은 우리를 '진정한 부자'로 만들며,
나누는 행위를 통해 자신이 누구이며 또 무엇인지를 발견하게 된다.
- 테레사 수녀(Mother Teresa)

나는 돈을 잘 쓰지 않는 사람이다. 나 스스로 돈을 벌기 시작한 후로 자린고비에 비유해도 될 만큼 절약이 몸에 밴 생활을 해오고 있다. 그러나 사람을 만나고 인연을 맺는 과정에서만큼은 돈을 잘 쓰는 편이다. 남보다 돈이 많아서도 아니고, 내 주머니 사정을 뛰어넘는 지출을 하며 허세를 즐기기 때문도 아니다.

포장마차에서 소주 한 잔을 살 수 있을 정도의 여유밖에 없을 때면 소주 한 잔을 샀고, 경제적 여유가 생긴 후로는 내 도움이 필요하다고 판단되면 기꺼이 기부했다. 한 마디로 나는 돈을 잘 쓰는 짠돌이인 것이다.

얼마 전 미국에서 반가운 손님이 찾아왔다. 북한의 결핵 퇴치를 지원하는 미국 비영리단체 유진벨재단에서 활동하는 승권준 박사가 그 주인공이다. 유능한 의사인 그는 북한의 결핵 환자를 돕고자 의사로서 얻을 수 있는 부(富)를 포기한 멋진 젊은이다.

서울에 오면 바쁜 일정 속에서도 짬을 내 꼭 나를 찾는 승 박사는 이번에 특별히 북한의 고향 소식을 갖고 왔다. 유진벨재단의 일로 평안북도 정주에 갔다가 승씨 일가의 후손을 만나 이야기를 나누었는데 그때 함께 찍은 사진을 내게 보여 주고 싶었던 것이다. 솔직히 사진 속에는 얼굴을 아는 이가 없어 그저 분단의 오랜 세월을 실감할 뿐이었고, 오히려 나를 생각해 사진을 챙겨 온 승 박사의 정성이 무척 고마웠다.

승 박사와의 인연은 그의 아버지 승계호 교수로부터 시작한다. 미국 텍사스주립대학교 철학과 석좌교수인 승계호 교수는 나의 친척으로, 동생뻘이다.

나는 월남 후 혜화전문학교(현 동국대학교)에 진학한 후 서울 명동의 장백학사에 머물며 공부했다. 말 그대로 주경야독 생활을 했는데, 뒤늦게 고향에서 월남한 승 교수가 나를 찾아왔다.

"형님, 학교에 가고 싶어요."

승 교수의 말에 그보다 고작 네 살 많은 나는 '동생을 학교에 보내야지 나만 학교에 다닐 수는 없다'는 생각으로 서울고등학교를 찾아갔다. 당시 서울고등학교에는 내가 오산학교에 다닐 때 담임이셨던 분이 교감으로 계셨다. 승 교수의 손을 잡고 옛 은사를 찾아가 당차게 "이 아이를 서울고등학교에 보내고 싶다"고 하자, 선생님은 시험에 응시할 기회를 주셨다.

고향 정주중학교에서도 수재였던 승 교수는 당연히 시험에 합격했고, 나는 20대 초반의 나이에 고등학생의 보호자가 되었다. 내가 있는 곳에 함께 머물도록 하고, 먹을 것이 생기면 나눠 먹고, 필요할 때는 가끔 학비도 내 주었다.

그러던 어느 날 학교에서 보호자를 찾는다는 연락을 받고 잔뜩 긴장한 채로 교장 선생님을 만나러 갔다. 그 자리에서 "계호가 공부를 아주 잘해요. 우리 학교에 보내 줘서 고맙습니다"라는 인사를 받았다. 승 교수와 함께 지내며 힘들다고 생각한 적도 없지만, 예상치 못한 칭찬까지 들으니 학부형(?)으로서 큰 보람을 느꼈다.

이후 연세대학교에 진학한 승 교수는 한국전쟁 때 나처럼 통역장교로 복무했다. 이승만 대통령과 미8군 벤프리트 장군이 수도사단을 방문했을 때 브리핑 장교로서 전황을 브리핑한 그는 출중한 실력을 인정받았다. 이를 계기로 이 대통령의 추천을 받아 미국의 예일대학교에서 유학을 했고, 세계적인 철학자로 거듭났다.

승 교수가 미국에서 승승장구 성공의 길을 걷는 과정을 지켜보며 나는 어린 학부형으로서 그를 도왔던 시간을 무척 뜻깊은 추억으로 간직했다. 그런데 승 교수 역시 나와 맺은 특별한 인연을 잊지 않았다.

"내가 형님 때문에 이렇게 되지 않았소."

지금도 연락을 주고받는 승 교수는 틈틈이 내게 고마움을 표현한다. 그리고 그의 두 아들인 승권준 박사와 세계적인 뇌공학자 승현준 박사는 한국을 찾을 때마다 나를 찾아와 안부를 묻는다. 어려울 때 가진 것을 나눈 작은 베풂이 한 사람의 인생을 성장시키는 계기가 되었을 뿐만 아니라 세대를 이어 정을 나누는 관계로 이어진 것이다. 이 얼마나 소중하고 행복한 일인가.

어려웠던 시절 이처럼 남에게 도움을 준 적도 있지만, 반대로 내가 도움을 받은 적도 있다. 월남 후 내게 잘 곳을 마련해 주고, 서울 언주초등학교 청담분교의 교사 자리도 알아봐 주신 이봉림 집사는 낯선 남한에서 첫 발자국을 내딛게 해 주신 분이다.

교사 생활 몇 개월 만에 대학에 진학하며 학교를 그만두고 숙소도 옮겼는데, 먹을 것이 부족한 사정을 알고 내게 김치 한 동이를 전해 주려고 한강을 배를 타고 건너와 전차까지 갈아타며 명동 장백학사까지 찾아 주셨다.

수십 년이 흐른 후 만난 자리에서 내가 "그때 주신 김치 맛을 잊지 않고 있다"고 하자 그분은 "그 일을 아직도 기억하고 있나?" 하시며 오히려 그때까지 기억해 준 나에게 고마움을 표하셨다.

영국의 정치인 윈스턴 처칠은 "우리는 받음으로써 살아가지만 베풂으로써 삶을 만들어 간다"는 무척 유명한 말을 남겼다. 인생이란 주고받음으로 연속되는 것이며, 그것이 인간관계의 핵심임을 잘 표현한 말이라고 생각한다.

행복한 관계를 만드는 첫 번째 조건은 바로 베풂이다. 그런데 베풂에는 특별한 미덕이 필요하다. 내가 베푼 것은 크든 작든 기억하지 말 것이며, 남에게 받은 것은 작은 것이라도 기억하는 것이 그 미덕이다. 받을 것을 전제로 한 베풂은 베풂이 아니다. 주는 마음은 언제나 자신의 역량 안에서 진실 되어야 하며, 받은 것은 크고 작음을 떠나 그 마음을 잊지 않아야 한다. 그것이 주고받음으로 삶을 풍요롭게 하는 방법이다.

지금 주변과의 관계 속에서 행복하지 않다고 느낀다면 잠시 자신을 돌아볼 필요가 있다. 혹시 자신이 베풂에는 인색하면서 받고자 하는 기대는 오히려 너무 크게 품고 있는 것은 아닌가. 차분히 생각해 보길 바란다.

긍정, 삶을 존중하는
가장 쉬운 태도

낙관주의자는 장미에서 가시가 아닌 꽃을 보고 비관주의자는 꽃이 아니라 가시만 쳐다본다.
낙관적일지 비관적일지는 내 마음과 생각으로부터 시작된다.

- 칼릴 지브란(Kahlil Gibran)

　　플라시보(placebo) 효과라는 말이 있다. 약효가 전혀 없는 가짜 약을 진짜 약으로 가장해서 환자에게 복용하도록 했는데도 환자의 병세가 호전되는 효과를 말한다. 어떻게 이런 일이 가능할까. 환자가 약을 복용하면서 자신의 병세가 호전될 것이라고 긍정적으로 믿기 때문에 실제로는 약효가 없어도 병세가 호전된다. 반대로 노시보(nocebo) 효과라는 것도 있다. 진짜 효과가 있는 약을 먹어도 환자가 효과가 없을 것이라고 믿어 버리면 전혀 효과를 볼 수 없는 현상을 말한다. 플라시보와 노시보 현상은 긍정적 사고와 부정적 사고가 사람에게 미치는 영향이 얼마나 큰가를 과학적으로 증명한 사례다.

긍정적 사고의 중요성을 굳이 더 설명할 필요가 있을까. 성공과 행복을 성취하는 면에서 긍정적 사고는 매우 중요한 요소이며 더 나은 삶으로 나아가는 필수조건이다.

평소 생활하면서 긍정적인 부분을 잘 찾는 사람은 삶의 태도가 적극적이다. 당연히 운도 좋은 방향으로 흐른다. 그러나 매사 부정적으로 보는 사람은 인간관계나 사회생활에 소극적인 태도를 갖게 된다. 운의 흐름도 좋을 수가 없다.

긍정의 힘이 이토록 대단하다는 것을 잘 알지만 솔직히 당장 어려운 환경 속에 처해 있는 사람이 긍정적으로 생각하고 판단하기란 말처럼 쉽지 않다. 누구나 힘든 상황에서는 흔들리고 나약해지기 때문에 절망하긴 쉬워도 긍정적이 되기는 어렵다. 그러나 도저히 긍정적이기 어려운 그 순간에 가장 필요한 것이 역설적이게도 바로 긍정이다. 절망의 순간 긍정의 힘이 없다면 우리는 다시 일어서야 할 이유를 찾을 수 없고, 결국 주저앉아 버린다.

때문에 나는 일상생활에서 긍정적으로 사고하는 훈련이 필요하다고 말한다. 긍정적 사고는 훈련으로 만들어지는 습관이지, 필요할 때 쉽게 활용할 수 있는 능력이 아니기 때문이다.

나에게는 네 명의 딸이 있다. 모두 결혼해 사위들과 손자, 손녀까지 대가족을 이뤘다. 가지 많은 나무에 바람 잘 날이 없다는 옛 속담이 있지만, 네 딸을 키우며 마음고생을 한 기억이 별로 없으니 참으로 복이 많은 사람이다.

바쁘게 일하며 딸들을 키우던 시절, 나름의 양육 원칙을 세웠는데 바로 긍정적 사고와 독립적 태도를 키워 주자는 것이었다. 아이들이 훗날 독립적으로 자신의 길을 걸어가길 바랐고, 그 과정에서 필연적으로 닥칠 어려움을 스스로 극복하는 데 필요한 것이 긍정적 태도라고 생각했다.

나는 딸들에게 한 번도 '공부하라'는 말을 한 적이 없다. 아이들의 성적에 누구보다 큰 관심을 갖고 있었지만 표현은 하지 않았다. 어차피 스스로 공부하려는 의지가 없다면 어떤 목표도 이뤄 내지 못할 것이 뻔하니 공부하는 것도, 진로를 결정하는 것도 모두 딸들의 선택에 맡겼다. 그러나 긍정적인 사고와 태도만큼은 자연스럽게 습관처럼 갖추길 원했다.

늦은 밤 딸들이 공부를 하면 나는 전기세 핑계를 대며 '불 꺼라', '일찍 자라'며 잔소리를 했다. 하라고 하면 하기 싫고, 하지 말라면 하고 싶은 사춘기 아이들의 청개구리 심보를 자극하려는 의도가 다분했는데, 실제로 아이들은 내가 불을 끄라는 말을 하기 전에 공부를 마치려고 집중했고, 때로는 이불을 덮어쓰고 몰래 스탠드 불빛에 의지해 책을 읽곤 했다. 아이들의 이런 행동을 알고 있었지만 나는 모른 척했다.

나는 공부 타령을 하는 대신 시험을 앞둔 날 아이들의 표정을 세심히 살펴 성격 유형에 맞는 조언을 해 줬다. 예를 들어 마음이 여리고 내성적인 큰딸에게는 "2등도 1등과 다르지 않아. 아니, 1등보다 2등이 훨씬 좋지. 1등은 항상 뒤를 쫓아오며 압박하는 사람이 있어. 그만큼 불안한 인생을 살아야 해"라며 무심한 척 한 마디를 건넸다. 그러면 아이는 금세 밝은 표정을 지어 보이곤 했다.

2등이나 3등도 인정받을 수 있으며, 1등만이 가치가 있는 것이 아니라는 긍정적인 생각을 하게 된 아이는 조금 더 편한 마음으로 공부에 집중했고, 역시나 무척 우수한 성적을 유지했다.

그런가 하면 반대로 승부욕이 강한 막내딸에게는 "네가 1등을 하지 않으면 누가 1등을 하겠니?"라는 말을 자주 해 줬다. 최고가 아니면 만족하지 않는 딸에게 필요한 것은 자신의 노력을 믿는 자신감과 긍정적인 생각이라고 판단했다. 과연 막내딸은 경쟁자와 비교하며 긴장하고 불안해 하는 대신, 충분히 잠을 자고 제 속도에 맞춰 공부하는 방법을 택했다. 음악을 선택한 둘째 딸과 셋째 딸 역시 충분히 존중하고 믿어 주는 태도로 지원하고 지지했다.

나의 긍정 교육은 성적과 관련 없는 일상에서도 지속됐다. 사실 나는 무척 긍정적인 사람이다. 뭐든 힘든 일이 있을 때 좌절하고 부정적으로 생각하기보다 희망을 먼저 떠올리는 생각 습관을 갖고 있다.

오산학교를 졸업할 즈음, 일본의 전쟁 교육 중 하나였던 교련 수업을 잘 따르지 않았다는 이유로 성적 불량 판정을 받고 상급 학교 진학이 좌절됐을 때도 방황하기보다 목표를 빨리 전환해 신의주 교원양성소에서 교육을 받았다.

창업하고 첫 3년 동안 매번 힘든 순간이 반복될 때도 안 될 것을 생각하지 않았다. 반드시 성공하리라 믿었고, 그 성공을 현실로 만들고자 미친 듯이 노력했다. 작은 공장을 운영하면서 "나는 지금보다 더 나은 사업을 할 것"이라며 자신 있게 말했는데, 아내는 그럴 때마다 대꾸는 안 했지만 '도대체 뭘 믿고 저렇게 큰소리를 치나'라는 궁금증을 가득 담은 눈빛으로 나를 응시하곤 했다.

아주 작은 내 집을 처음 마련한 날 아이들에게 "야, 우리 집 좋다. 세상에서 가장 좋은 집이다. 그렇지 않니?"라며 분위기를 띄웠다. 어린 눈에도 결코 크지 않았을 집이었지만 아이들은 무척 좋아했다. 매일 가족과 함께 하는 소박한 밥상에서도 나는 늘 "우리 집 밥상이 최고다"라며 맛있게 식사를 하는 모습을 보여 줬다.

나는 교우를 할 때도 상대방의 장점을 먼저 보는 편이다. 사람이란 세월이 흐르고 환경이 변하면 그에 따라 변화될 수 있는 존재라서 좋은 사람이 때론 나쁜 사람이 되기도 하고, 믿었던 사람이 신뢰를 저버리기도 한다. 처음부터 좋은 친구, 나쁜 친구로 결론을 내기 어려운 이유다. 때문에 되도록 좋은 점을 많이 보고, 간혹 큰 실망을 주면 배움으로 받아들인다.

이런 긍정성은 굳이 말로 하지 않아도 주변에 좋은 영향을 미친다. 함께하기만 해도 긍정 에너지를 내뿜는 사람은 주변 사람을 행복하게 만들며, 당연히 더욱 단단하고 행복한 관계를 형성한다.

삶은 기본적으로 힘들다. 쉬운 일보다 어려운 일이 많고, 즐거운 순간보다 고통의 순간이 더 크게 느껴진다. 그러나 고통이 반드시 불행을 의미하지는 않는다. 고통 덕분에 삶은 더욱 성숙해지므로 고통은 성장하는 약이 되기 때문이다. 단, 고통을 받아들이는 방식의 차이는 고통을 단지 고통에 머무르게 하기도 하고, 성장이 아닌 퇴보의 길로 만들 수도 있다. 이것이 긍정성과 부정성의 차이다.

긍정적 사고가 긍정적 행동을 이끌어 내고, 긍정적 행동이 목표 성취에 필요한 추진력을 내고 잠재력을 발현시킨다. 긍정적으로 생각하지 않으면서 문제를 해결하려고 적극적으로 행동하고 노력하는 사람을 본 적이 있는가. 단언컨대 그런 사람은 없다.

부정적 생각이 들면 바로 그 생각이 자신에게 도움이 되지 않는다는 사실을 인지해야 한다. 두려움과 불안 등 부정적 생각을 외면하고 목표를 향해 일단 긍정적으로 행동해야 한다. 긍정적 사고와 긍정적 행동의 결합, 이것이 행복한 삶을 가능케 하는 기본 요소다.

인간관계에서도 좀 못마땅한 사람이 있더라도 단점만 자꾸 볼 게 아니라 좋은 점을 찾아보려는 노력이 필요하다. 단점만 보는 사람의 곁에는 역시 자신의 단점만 보는 사람이 있기 마련이다. 내가 먼저 장점을 보고 격려하면 상대에게도 자연스럽게 내 장점이 드러나고 관계는 더욱 좋아지게 된다.

우리 사회의 신(新)계급론으로 등장한 금수저, 흙수저 이야기는 현실의 무기력함에서 비롯된 말이다. 무기력함이란 희망의 부재를 뜻한다. 현재도 미래도 변화하지 않으리란 부정적 사고가 팽배한 분위기에서 희망은 절대로 만들어지지 않는다. 변화할 수 있다는 긍정적 사고로 새로운 미래를 희망하고, 적극적인 노력과 행동으로 원하는 미래를 주체적으로 만들어 가야 한다. 그것이 행복한 삶을 영유하는 방법이며, 하나뿐인 내 삶을 존중하는 방법이다.

지금이
인생의 황금기

어떤 사람은 젊고도 늙었고 어떤 사람은 늙어도 젊다.

- 《탈무드》 중에서

나는 아직도 내 나이에 크게 얽매이지 않는다. 아흔하고도 세 살을 더 먹었지만 솔직히 불과 얼마 전까지도 아흔을 넘어섰다는 사실을 인지하지 못했을 정도다.

"90대라고? 내가 벌써 90대인가?"

지금도 나는 누가 옆에서 내 나이를 일깨워 주기라도 하면 화들짝 놀라기 일쑤다. 물론 세월의 흐름은 누구도 거스를 수 없으니, 몸이 먼저 내게 "당신도 이제 나이를 먹었구려"라며 수시로 말을 건넨다. 평생 강철 체력을 자랑하던 내가 어쩌다 과로라도 하면 어김없이 피곤함을 이기지 못하고 잠을 청한다. 걸음과 몸의 움직임도 확실히 예전과는 달라졌다. 육체란 이처럼 세월 앞에 정직하다.

그런데 몸으로 세월을 체감할 수밖에 없는 나이에 이르러서 나는 비로소 삶의 행복을 찬찬히 느끼는 중이다. 치열하게 살아온 지난날에 당당한 자부심을 가지고 있지만, 인생의 황금기는 그 시절이 아닌 '바로 지금'이라고 말하고 싶다.

'나이가 들면 약해진다'는 말이 있다. 몸도 쇠약해지지만 무엇보다 열정이 식고, 의지가 나약해진다는 뜻이다. 하지만 이는 나이 듦에 대한 부정적인 시각이 강조된 듯하다.

나이가 들어 건강이 예전만 못한 것은 자연의 섭리다. 이를 부정하거나 슬퍼할 필요는 없다. 그러나 마음가짐에 관한 것이라면 얘기가 달라진다. 젊을 때처럼 폭발하는 용암의 불꽃으로 살기는 어려워도, 여전히 뜨거운 심장으로 살 수 있다. 여기에 나이 듦의 장점이라고 할 수 있는 여유까지 탑재하면 인생의 순간순간에 행복을 느낄 기회도 많아진다.

나는 지난날을 무척 전투적인 자세로 살았다. 태어난 시대가 일제강점기였고, 철이 들자마자 투쟁하는 삶부터 배웠다. 전 국민이 가난하던 50, 60년대를 빈손으로 일어나 뛰었고, 가정과 기업을 지키며 한시도 마음의 여유라는 것을 가져 본 적이 없다. 낚시를 좋아했지만, 취미 활동에 쏟는 시간조차 아까워 제대로 즐겨 보지 못했고, 경제적 여유가 생긴 후에는 골프도 쳐 봤지만 그저 남들 따라 해 본 것이라 재미를 느끼지 못했다.

기업에서 물러나 광복회와 한국독립유공자협회, 남강문화재단, 평안북도장학회, 정주장학회, 연일승씨장학회 등 많은 사회단체의 대표로서 활동할 때도 삶의 방식은 바뀌지 않았다. 국가와 민족 그리고 우리 역사의 지킴이로서 해야 할 일을 목표로 설정하고 어김없이 한 방향을 바라보며 내달렸다. 그 결과 기업인으로도 사회단체인으로도 작은 성공을 이뤄 냈고 주변의 인정도 받았지만, 소소한 삶에서 느끼는 행복을 누릴 기회를 잃었다. 하나를 얻고 하나를 잃었으니 손해 본 인생은 아니지만 두 번 다시 되돌릴 수 없는 세월을 놓친 것은 참으로 아쉽기만 하다.

하지만 바로 그런 아쉬움이 있었기에 나는 '순간'의 중요함을 깨달았다. 삶을 즐긴다는 것은 여유의 소중함을 안다는 의미다. 그러나 이를 노는 것으로 이해해서는 곤란하다. 여유란 시간적 의미보다 세상을 바라보고, 일을 해나가는 자세라는 게 더 적당한 설명이다. 2030세대의 청년이나 8090세대의 노년이나 순간의 삶을 행복하게 살려면 일에 대한 열정과 여유의 균형이 필요하다.

90대에 접어들어서도 나는 여전히 은퇴와는 거리가 먼 생활을 하고 있다. 광복회 부회장과 한국독립유공자협회 회장 그리고 다수의 장학재단 이사장직에서는 물러났지만, 할 수 있는 새로운 일을 찾고 기획하고 추진하는 중이다. 평화통일범독립운동협의회와 연일 승씨 18인 독립유공자 기념사업회가 바로 그것이다.

사회적 통념으로는 일찌감치 뒤로 물러나 있을 나이에 새로운 일에 앞장서는 까닭은 이 사업들이 경제적 득실을 계산하기 어려운 일이다 보니 적극적으로 나서서 일을 짊어질 사람을 찾기 쉽지 않은 탓이다. 게다가 사람의 뜻을 모으고, 재정을 확충하고, 실행하는 추진력은 오히려 나처럼 오랜 사회 경험을 쌓은 사람이 잘 해낼 수 있다는 자신감도 한몫했다.

아무튼 새로 일을 벌인 후 나는 꽤나 바쁜 생활을 하는 중인데, 확실히 예전과는 달라졌다. 우선 내 주변을 돌아보는 시간이 많아졌다. 지나가는 사람의 옷차림과 계절의 변화를 보는 재미가 쏠쏠하고, 규칙적으로 운동하면서 체력이 향상되는 변화를 느끼는 일도 즐겁다. 그리고 무엇보다 평생의 파트너 아내 덕분에 행복하다. 아내는 요즘 "행복하다"는 말을 자주 하는데, 그 한마디에 나는 무척 큰 감동을 한다. 젊은 시절 남 못지않게 싸우면서도 늘 곁에서 격려하고 지지하며 함께해온 아내의 고마움을 이제야 느끼다니 미안함이 크지만, 이제라도 깨닫고 그 마음을 표현할 수 있어 참으로 좋다.

나는 지금도 은퇴를 계획하고 있지 않다. 해야 할 일과 하려는 의지 그리고 할 수 있는 체력이 있는데 보편적인 인생 스케줄에 일부러 맞출 이유가 있겠는가. 분명한 목표와 열정을 잃지 않고, 소소한 순간의 삶에서 재미를 느끼는 여유도 생겼으니, 나는 언젠가 진짜로 은퇴해야 하는 순간까지 청년의 정신으로 달려갈 생각이다.

얼마 전 한 TV 프로그램에서 '리즈 시절'을 주제로 얘기하는 것을 봤다. 리즈 시절이란 인생의 황금기를 뜻하는 말이라고 한다. 출연자의 대화를 가만히 들어 보니 대부분 젊음과 외모, 혹은 가장 잘나갔던 때를 리즈 시절의 기준으로 생각하고 있었다. 과연 그럴까. 내가 생각하는 인생의 리즈 시절, 황금기의 기준은 그들의 생각과 조금 다르다. 젊음과 외모, 돈이 아니라 삶에서 진정 행복한 시간을 누리는 때가 바로 인생의 황금기다.

젊고 아름답고 경제적 성공을 이뤄도 모두가 행복한 것은 아니다. 자신이 하는 일의 가치를 분명하게 인식할 때 열정이 샘솟고, 일상에서 행복을 즐길 줄 아는 여유가 있을 때 비로소 삶의 풍요로움을 만끽할 수 있다.

인생이라는 긴 타임라인에서 되도록 많은 시간을 열정과 여유로 채울 수 있다면 90대의 나이에도 젊게 사는 것이요, 이를 잊고 있다면 20대의 나이라도 늙어 버린 것과 같다. 20대 청춘이든, 40대 중년이든, 60대 이후의 노년이든 원한다면 지금 이 시간을 인생의 리즈 시절로 만들 수 있다. 이렇게 하려면 잠시 숨을 고르고, 삶의 방향과 성공의 목표를 점검하고, 주변의 소중한 사람을 돌아보는 여유를 가질 필요가 있다.

안타깝게도 지나간 시간은 되돌릴 수 없으니, 오늘과 내일을 어제보다 행복하게 보내기 위해서라도 할 수 있는 일을 지금 당장 해야 하지 않겠는가.

늘 청년의 삶을 살기 위해 필요한 것들

시간의 참된 가치를 알라. 그것을 붙잡아라. 억류하라. 그리고 그 순간순간을 즐겨라.
게을리하지 말며, 해이해지지 말며, 우물거리지 말라.
오늘 할 수 있는 일을 내일까지 미루지 말라.
- 필립 체스터필드(Philip Chesterfield)

나이는 숫자에 불과하다는 말이 있다. 중년의 나이를 넘어선 사람들에게 여러모로 힘이 되는 말이다. 그런데 이 말이 꼭 나이 든 사람에게만 적용되는 건 아니다. 청년이란 나이도 단지 숫자에 불과하다. 젊다는 이유만으로 당연한 듯 보장받을 기회란 없기 때문이다. 나이가 들면 시간의 소중함을 저절로 깨닫지만, 젊은이들은 오히려 세월이 언제나 자신의 편이라고 생각하기 쉽다.

미국의 작가 마크 트웨인은 "지금부터 20년 후 당신은 자신이 한

일보다 하지 않은 일 때문에 실망하는 일이 더 많을 것"이라는 유명한 말을 남겼다. 그의 말에 나는 공감한다. 어떤 일이든 마음을 먹었을 때가 곧 시작할 때라고 하지만, 그 나이에 해 두면 좋을 일, 해야 할 일도 있다는 사실을 나는 살아온 경험으로 깨달았다.

지나온 삶을 후회하고 반성하기보다 현재와 미래를 보는 삶을 살겠다고 일찌감치 마음을 정했지만, 그렇다고 지난 시간에 아쉬움이 없는 것은 아니다. 젊음은 상대적으로 더 많은 목표에 도전할 수 있고, 그만큼 다양한 삶을 계획할 수 있으니, 언제 생각해도 늘 아깝고 그립다. 특히 젊은 시절을 나처럼 조금의 여유도 없이 투쟁적(?)으로 살아온 사람들이라면 그 아쉬움은 더 깊을 수밖에 없다.

그런데 이 같은 삶의 방식을 단지 일제강점기와 한국전쟁이라는 격변의 시대를 살아온 탓으로 돌릴 수만은 없다. 사회적으로 어느 정도 평화로움을 찾고, 경제적으로 성공을 거둔 후에도 나는 여전히 여유를 갖지 못했다. 그 이유가 뭘까 생각한 결과, 바로 공부와 독서 부족이 가장 큰 영향을 미쳤다는 결론에 도달했다.

대학에서 영문학을 전공했지만, 학교생활에 충실하지는 않았다. 양주동 박사와 피천득 작가라는 당대 최고의 학자로부터 문학을 배웠고 가능성도 인정받았지만, 솔직히 공부보다 돈을 버는 데 더 깊은 관심이 있었다. 공부에 몰두할 수 있는 환경이 아니었다고 변명해 보지만, 그럼에도 불구하고 공부에 큰 관심을 두지 않은 것은 나의 선택이었다.

독서도 마찬가지다. 영시를 유독 좋아하는 문학 감수성을 갖고 있었지만 책을 많이 읽거나 항상 옆에 두지는 않았다. 이런 습관 탓에 삶에 대해 깊게 사유할 기회를 충분히 얻지 못했고, 생활하는 틈틈이 원하는 인생을 깊게 고민하고 그 방법을 찾아야 한다는 생각을 하지 못했다.

젊은 시절의 공부와 독서는 삶에 큰 영향을 미친다. 사람이 일생에서 직접 경험으로 배울 수 있는 지식은 한정돼 있다. 독서는 더넓고, 크고, 깊은 세상에 대한 지식과 지혜 그리고 선각자의 통찰을 경험할 기회다. 이런 배움은 삶의 방향을 정하고, 구체적인 인생 계획을 세우는 데 꼭 필요하다.

그것이 공부와 독서는 평생 지속해야 하지만, 특히 젊을 때 필요한 이유다. 젊은 시절의 독서는 삶의 면역력을 높인다. 살다가 끊임없이 겪게 되는 좌절의 순간을 버텨 내고, 심장의 온도를 더 오랫동안 뜨겁게 유지하려면 꾸준히 지식을 섭취하고 사유하는 기회를 만들어야 한다.

젊어서 습관으로 만들면 좋을 것 중 독서 다음을 꼽는다면 바로 시간 관리다. 누구에게나 시간은 공평하게 주어지지만 세월이 흐른 다음 결과는 무척 다르게 나타난다. 어떤 사람은 뛰어난 성과를 이루고, 또 어떤 사람은 무엇 하나 제대로 거두지 못한다. 똑같이 주어진 시간을 어떻게 활용했는가에 따라 두 사람의 거리가 결정된다.

만약 미래의 인생을 설계하고 준비하고 실행하는 청년 시기에 합리적으로 시간을 관리한다면 성과는 자기 생각보다 훨씬 클 것이다.

시간 관리란 한마디로 규칙적인 습관을 만드는 것이다. 젊었을 때부터 지금까지 나는 매일 오전 5시에 눈을 뜬다. 잠드는 시간은 상황에 따라 변하지만 기상 시간이 바뀐 적은 거의 없다. 오전 5시에 일어나 아침 식사를 하는 7시까지 책과 신문을 읽고, 뉴스를 시청한다. 아침 식사 후 본격적으로 일과를 시작하는데, 퇴근할 때까지 하는 모든 일에서 최대한 실수를 줄이고자 노력한다. 한두 번의 실수는 할 수 있지만, 실수가 반복되면 일의 성과가 떨어지므로 결국 시간도 낭비한다.

그래서 내게는 독특한 습관이 하나 생겼는데, 바로 매일 새벽 2시경 잠에서 깨어 그날의 중요한 계획을 메모하는 것이다. 이 습관은 기업가로 일할 때는 물론이고 광복회나 한국독립유공자협회, 각 장학회 이사장 등 사회단체장으로 일할 때 무척 도움이 되었다. 사회단체의 성격상 하루에 2~3개의 대외행사에 참석하는 일이 빈번하고, 챙겨야 할 업무도 다양하기 때문에 단순히 기억력에만 의

존할 경우 실수가 발생할 수밖에 없다.

사방이 고요한 새벽 시간, 하얀 메모지에 마치 리허설하듯 내가 해야 할 일들을 쭉 적어 내려가며 머릿속으로 정리한다. 이때 아주 작은 업무까지 빼놓지 않고 메모하는데, 덕분에 동시에 4~5개 단체의 리더로 일을 하면서도 사소한 일 하나 놓친 적이 없다.

새벽과 아침 시간을 나에게 필요한 방식으로 관리해 온 오랜 습관이 없었다면 고령에 그 많은 일을 기꺼이 책임지겠다고 나설 엄두도 내지 못했을 것이고, 나의 뜻과 열정을 펼칠 기회도 얻지 못했을 것이다.

그리고 마지막으로 가장 중요한 것이 강한 체력이다. 꿈과 능력, 의지가 있어도 막상 기회가 왔을 때 열정을 다해 추진할 수 있는 건강이 없다면 성공을 제 것으로 만들 수 없다. 건강이야말로 젊어서부터 습관으로 지켜야 한다. 한번 잃은 건강을 되찾기란 정말 어려운 일이고, 건강을 잃고 나서야 비로소 걱정하는 건 소를 잃고 외양간을 고치는 꼴과 마찬가지다.

나는 규칙적인 운동과 천천히 소식(小食)을 하는 습관을 오랫동안 유지하고 있다. 운동으로 건강을 유지하니 병원을 들락거리며 기운을 소진할 이유가 없다. 적은 양의 음식을 천천히 먹는 동안 잠시 복잡한 생각을 내려놓음으로써 스트레스도 관리한다. 이것이 험한 병치레 없이 여전히 건강을 유지하는 비결이다.

요즘 젊은 사람은 몸에 대한 관심이 높다고 한다. 그런데 건강보다는 주로 멋진 외모를 위한 다이어트에 더 집중하는 사람이 많은 듯하다. 물론 아름다운 몸이 건강도 하다면 참 좋겠다. 하지만 외모보다 단단한 체력을 키우고, 강한 체력을 바탕으로 한 맑은 정신의 중요함에 더 많은 관심을 가졌으면 한다. 미래 사회는 창조적 사고를 하는 인재를 필요로 한다. 이 창조적 사고를 가능케 하는 것이 기초 체력이다.

사람은 누구나 조금이라도 후회를 줄이며 사는 법을 고민한다. 살아 봐야 아는 게 인생이라지만, 지나간 뒤에 후회해 봤자 잃은 시간을 되돌릴 수 없으니 미리 시간을 최대한 내 편으로 만들려고 노력해야 한다.

청년에게도, 중년에게도, 노년에게도 시간은 삶에서 소중한 재산이다. 그런데 특히 청년에게 시간은 가장 유용한 자산이다. 금수저든 흙수저든 공평하게 주어지는 것이 또한 시간이다. 자신에게 주어진 이 소중한 자산을 어떻게 사용할 것인가. 지식과 지혜를 채우는 노력을 게을리하지 말고, 시간을 낭비하지 않는 자신만의 관리 원칙을 세우고, 언제든 열정적으로 일할 수 있도록 건강을 유지하는 것이 중요하다.

젊어서 기초 체력을 기르면 나이 들어서 효과는 더욱 빛을 발한다. 열정을 지킬 수 있는 기초 체력을 바탕으로 인생의 각 단계에 늘 새롭게 목표를 세우고 추진할 수 있다면 청년은 청년답게, 중년도 청년처럼, 노년도 청년의 마음으로 삶을 영위할 수 있다.

대한민국의 더 나은 미래를 기대하며

요즘 특별한 버릇이 하나 생겼다. 매일 아침 나도 모르게 흥얼흥얼 노래를 부르며 잠에서 깨어나는 것이다. 평소 노래를 즐겨 부르는 취미가 있던 것도 아니고, 오랫동안 가수를 꿈꿔 온 것도 아닌데 참으로 신기한 일이다. 아침마다 비몽사몽 상태로 흥얼거리는 노래를 들어야 하는 아내를 위해 레퍼토리라도 다양하면 좋으련만 어쩐 일인지 나는 항상 같은 노래만 부른다.

"우리의 소원은 통일, 꿈에도 소원은 통일, 통일이여 어서 오라, 통일이여 오라~."

한평생 가슴에 품어 왔지만 아직도 이루지 못한 나의 소중한 꿈이 바로 통일이다. 그 꿈을 이루고 싶은 간절함이 얼마나 깊고 컸는지, 요즘 새삼 깨닫는 중이다. 간절하게 꾸는 꿈은 반드시 이뤄진다고 하지 않던가, 나는 그 어느 때보다 뜨거운 마음으로 조국의 통일을 기다리고 있다.

1945년, 조국은 광복을 맞이했지만 곧 분단과 한국전쟁을 겪었고, 현재 세계 유일의 분단국가로 남아 있다. 조국 광복에 목숨을 바친 독립운동가들과 애국민초들이 꿈꾼 광복은 이처럼 분단된 조국이 아니었다. 남과 북은 오천 년 역사를 함께 이루고 발전시켜 온 한겨레다. 자랑스러운 문화 역사 유산이 증명하듯 우리 민족의 우수성은 남과 북이 함께할 때 지금보다 더욱 크게 발현될 것임을 나는 굳게 믿는다.

2017년 뜨거운 여름 내내 나는 지난 세월의 경험과 깨달음을 글로 정리하며 보냈다. 과거의 일과 현재의 생각을 원고로 작성하는 동안 자연스럽게 미래를 생각하는 기회도 가졌다. 우리는 어떤 미래를 바라고 있는가. 모두가 바라는 미래를 이루기 위해 지금 준비해야 할 것은 무엇인가.

이 책을 쓰며 나는 다음 세대가 더 나은 삶을 누릴 수 있는 대한민국이 되길, 더 많은 국민들이 대한민국 안에서 행복한 삶을 꿈꿀 수 있기를 진심으로 바랐다. 지금까지 이뤄 온 훌륭한 우리 유산에 자부심을 갖고, 강한 긍정의 정신으로 국민적 힘을 모을 수 있기를 간절하게 소망했다.

다시 통일 이야기로 돌아가 보자. 우리에게 통일이 중요한 이유는 더 나은 미래를 만들려면 반드시 풀어야 할 과제이기 때문이다. 통일의 순간은 언제라도 올 수 있다. 독일의 통일이 그랬듯이 예상치 못한 시기에 불쑥 맞이할 가능성도 충분하다. 그렇다면 우리는 준비해야 한다. 우선 대한민국의 역량을 결집하는 일이 중요하다. 대한민국의 역량이란 결국 조국과 민족, 역사에 대한 국민들의 명확한 인식에서 만들어진다. 이것이 한 나라와 민족을 영속할 수 있게 하는 에너지, 바로 정체성이다.

통일 과정을 거치며 궁극적으로 대한민국이 가야 할 길을 상상해 보자. 평화롭고 안전한 세상, 지구촌에서 벌어지는 힘의 논리에 휘둘리지 않는 당당한 국가, 경제와 문화적 풍요로움을 모두가 향유할 수 있는 나라, 생각만으로도 가슴이 벅차오르지 않는가.

나는 이 같은 생각을 하는 사람이 더 많아지길 희망한다. 나의 소박한 글이 그 과정에 조금이나마 역할을 할 수 있기를 진심으로 바란다. 비록 작은 시도에 불과하더라도 변화의 씨앗을 만드는 일은 중요하다. 작은 변화가 먼저 일어나야 큰 변화도 기대할 수 있는 법이다. 그래서 나는 오늘도 대한민국의 미래를 꿈꾸고 이야기하는 일을 멈추지 않을 생각이다.

소중한 책으로 남기고 싶은 아이디어나 원고가 있으신 분은
도서출판 책읽는달(이메일: bestlife114@hanmail.net)로 보내주세요.

구십여 년을 살아 보고
길을 묻다

초판 1쇄 인쇄 2018년 2월 28일
초판 1쇄 발행 2018년 3월 9일

지 은 이 승병일
펴 낸 이 문미화
펴 낸 곳 책읽는달
주   소 서울 서대문구 연희로 82, A동 301호
전   화 02)326-1961/02)326-0961
팩   스 02)326-0969
블 로 그 http://blog.naver.com/bestlife114
등록번호 2010년 11월 10일 제25100-2016-000041호

ⓒ 승병일, 2018

ISBN 979-11-85053-39-4 (03810)